AF547581

GRöLS
Verlage

„Bücher sind wie Fallschirme. Sie nützen uns nichts, wenn wir sie nicht öffnen."

Gröls Verlag

Redaktionelle Hinweise und Impressum

Das vorliegende Werk wurde zugunsten der Authentizität sehr zurückhaltend bearbeitet. So wurden etwa ursprüngliche Rechtschreibfehler *nicht* systematisch behoben, denn kleine Unvollkommenheiten machen das Buch – wie im Übrigen den Menschen – erst authentisch. Mitunter wurden jedoch zum Beispiel Absätze behutsam neu getrennt, um den Lesefluss zu erleichtern.

Um die Texte zu rekonstruieren, werden antiquarische Bücher von Lesegeräten gescannt und dann durch eine Software lesbar gemacht. Der so entstandene Text wird von Menschen gegengelesen und korrigiert – hierbei treten auch Fehler auf. Wenn Sie ebenfalls antiquarische Texte einreichen möchten, finden Sie weitere Informationen auf www.groels.de

Viel Freude bei der Lektüre wünscht Ihnen das Team des Gröls-Verlags.

Adressen

Verleger: Sophia Gröls, Im Borngrund 26, 61440 Oberursel

Externer Dienstleister für Distribution & Herstellung: BoD, In de Tarpen 42, 22848 Norderstedt

Unsere „Edition | Werke der Weltliteratur“ hat den Anspruch, eine der größten und vollständigsten Sammlungen klassischer Literatur in deutscher Sprache zu sein. Nach und nach versammeln wir hier nicht nur die „üblichen Verdächtigen“ von Goethe bis Schiller, sondern auch Kleinode der vergangenen Jahrhunderte, die – zu Unrecht – drohen, in Vergessenheit zu geraten. Wir kultivieren und kuratieren damit einen der wertvollsten Bereiche der abendländischen Kultur. Kleine Auswahl:

Francis Bacon • Neues Organon • **Balzac** • Glanz und Elend der Kurtisanen • **Joachim H. Campe** • Robinson der Jüngere • **Dante Alighieri** • Die Göttliche Komödie • **Daniel Defoe** • Robinson Crusoe • **Charles Dickens** • Oliver Twist • **Denis Diderot** • Jacques der Fatalist • **Fjodor Dostojewski** • Schuld und Sühne • **Arthur Conan Doyle** • Der Hund von Baskerville • **Marie von Ebner-Eschenbach** • Das Gemeindekind • **Elisabeth von Österreich** • Das Poetische Tagebuch • **Friedrich Engels** • Die Lage der arbeitenden Klasse • **Ludwig Feuerbach** • Das Wesen des Christentums • **Johann G. Fichte** • Reden an die deutsche Nation • **Fitzgerald** • Zärtlich ist die Nacht • **Flaubert** • Madame Bovary • **Gorch Fock** • Seefahrt ist not! • **Theodor Fontane** • Effi Briest • **Robert Musil** • Über die Dummheit • **Edgar Wallace** • Der Frosch mit der Maske • **Jakob Wassermann** • Der Fall Maurizius • **Oscar Wilde** • Das Bildnis des Dorian Grey • **Émile Zola** • Germinal • **Stefan Zweig** • Schachnovelle • **Hugo von Hofmannsthal** • Der Tor und der Tod • **Anton Tschechow** • Ein Heiratsantrag • **Arthur Schnitzler** • Reigen • **Friedrich Schiller** • Kabale und Liebe • **Nicolo Machiavelli** • Der Fürst • **Gotthold E. Lessing** • Nathan der Weise • **Augustinus** • Die Bekenntnisse des heiligen Augustinus • **Marcus Aurelius** • Selbstbetrachtungen • **Charles Baudelaire** • Die Blumen des Bösen • **Harriett Stowe** • Onkel Toms Hütte • **Walter Benjamin** • Deutsche Menschen • **Hugo Bettauer** • Die Stadt ohne Juden • **Lewis Caroll** • *und viele mehr….*

Friedrich Nietzsche

Götzen-Dämmerung

oder

Wie man mit dem Hammer philosophirt

Inhalt

Vorwort

Inmitten einer düstern und über die Maaßen verantwortlichen Sache seine Heiterkeit aufrecht erhalten ist nichts Kleines von Kunststück: und doch, was wäre nöthiger als Heiterkeit? Kein Ding geräth, an dem nicht der Übermuth seinen Theil hat. Das Zuviel von Kraft erst ist der Beweis der Kraft. – Eine Umwerthung aller Werthe, dies Fragezeichen so schwarz, so ungeheuer, daß es Schatten auf Den wirft, der es setzt, – ein solches Schicksal von Aufgabe zwingt jeden Augenblick, in die Sonne zu laufen, einen schweren, allzuschwer gewordnen Ernst von sich zu schütteln. Jedes Mittel ist dazu recht, jeder „Fall“ ein Glücksfall. Vor Allem der Krieg. Der Krieg war immer die große Klugheit aller zu innerlich, zu tief gewordnen Geister; selbst in der Verwundung liegt noch Heilkraft. Ein Spruch, dessen Herkunft ich der gelehrten Neugierde vorenthalte, war seit langem mein Wahlspruch:

increscunt animi, virescit volnere virtus.

Eine andre Genesung, unter Umständen mir noch erwünschter, ist Götzen aushorchen ... Es giebt mehr Götzen als Realitäten in der Welt: das ist mein “böser Blick“ für diese Welt, das ist auch mein „böses Ohr“ ... Hier einmal mit dem Hammer Fragen stellen und, vielleicht, als Antwort jenen berühmten hohlen Ton hören, der von geblähten Eingeweiden redet – welches Entzücken für Einen, der Ohren noch hinter den Ohren hat, – für mich alten Psychologen und Rattenfänger, vor dem gerade Das, was still bleiben möchte, laut werden muß ...

Auch diese Schrift – der Titel verräth es – ist vor Allem eine Erholung, ein Sonnenfleck, ein Seitensprung in den Müßiggang eines Psychologen. Vielleicht auch ein neuer Krieg? Und werden neue Götzen ausgehorcht?... Diese kleine Schrift ist eine große Kriegserklärung; und was das Aushorchen von Götzen anbetrifft, so sind es diesmal keine Zeitgötzen, sondern ewige Götzen, an die hier mit dem Hammer wie mit einer Stimmgabel gerührt wird, – es giebt überhaupt keine älteren, keine überzeugteren, keine aufgeblaseneren Götzen ... Auch keine hohleren ... Das hindert nicht, daß sie die geglaubtesten sind; auch sagt man, zumal im vornehmsten Falle, durchaus nicht Götze ...

Turin, am 30. September 1888,
am Tage, da das erste Buch der Umwerthung
aller Werthe zu Ende kam.

Friedrich Nietzsche.

Sprüche und Pfeile

1.

Müßiggang ist aller Psychologie Anfang. Wie? wäre Psychologie – ein Laster?

2.

Auch der Muthigste von uns hat nur selten den Muth zu Dem, was er eigentlich weiß...

3.

Um allein zu leben, muß man ein Thier oder ein Gott sein – sagt Aristoteles. Fehlt der dritte Fall: man muß Beides sein – Philosoph...

4.

„Alle Wahrheit ist einfach.“ – Ist das nicht zwiefach eine Lüge? –

5.

Ich will, ein für alle Mal, Vieles nicht wissen. – Die Weisheit zieht auch der Erkenntniß Grenzen.

6.

Man erholt sich in seiner wilden Natur am besten von seiner Unnatur, von seiner Geistigkeit...

7.

Wie? ist der Mensch nur ein Fehlgriff Gottes? Oder Gott nur ein Fehlgriff des Menschen? –

8.

Aus der Kriegsschule des Lebens. – Was mich nicht umbringt, macht mich stärker.

9.

Hilf dir selber: dann hilft dir noch Jedermann. Princip der Nächstenliebe.

10.

Daß man gegen seine Handlungen keine Feigheit begeht! daß man sie nicht hinterdrein im Stiche läßt! – Der Gewissensbiß ist unanständig.

11.

Kann ein Esel tragisch sein? – Daß man unter einer Last zu Grunde geht, die man weder tragen, noch abwerfen kann? ... Der Fall des Philosophen.

12.

Hat man sein warum? des Lebens, so verträgt man sich fast mit jedem wie? – Der Mensch strebt nicht nach Glück; nur der Engländer thut das.

13.

Der Mann hat das Weib geschaffen – woraus doch? Aus einer Rippe seines Gottes, – seines „Ideals“ ...

14.

Was? du suchst? du möchtest dich verzehnfachen, verhundertfachen? du suchst Anhänger?–Suche N u l l e n ! –

15.

Posthume Menschen – ich zum Beispiel – werden schlechter verstanden als zeitgemäße, aber besser g e h ö r t . Strenger: wir werden nie verstanden – und d a h e r unsre Autorität ...

16.

U n t e r F r a u e n . – „Die Wahrheit? Oh Sie kennen die Wahrheit nicht! Ist sie nicht ein Attentat auf alle unsre pudeurs?“ –

17.

Das ist ein Künstler, wie ich Künstler liebe, bescheiden in seinen Bedürfnissen: er will eigentlich nur Zweierlei, sein Brod und seine Kunst, – panem et C i r c e n ...

18.

Wer seinen Willen nicht in die Dinge zu legen weiß, der legt wenigstens einen S i n n noch hinein: das heißt, er glaubt, daß ein Wille bereits darin sei (Princip des „Glaubens“).

19.

Wie? ihr wähltet die Tugend und den gehobenen Busen und seht zugleich scheel nach den Vortheilen der Unbedenklichen? – Aber mit der Tugend verzichtet man auf „Vortheile“ ... (einem Antisemiten an die Hausthür).

20.

Das vollkommene Weib begeht Litteratur, wie es eine kleine Sünde begeht: zum Versuch, im Vorübergehn, sich umblickend, ob es Jemand bemerkt und daß es Jemand bemerkt ...

21.

Sich in lauter Lagen begeben, wo man keine Scheintugenden haben darf, wo man vielmehr, wie der Seiltänzer auf seinem Seile, entweder stürzt oder steht – oder davon kommt ...

22.

„Böse Menschen haben keine Lieder.“ – Wie kommt es, daß die Russen Lieder haben?

23.

„Deutscher Geist“: seit achtzehn Jahren eine contradiction in adjecto.

24.

Damit, daß man nach den Anfängen sucht, wird man Krebs. Der Historiker steht rückwärts; endlich glaubt er auch rückwärts.

25.

Zufriedenheit schützt selbst vor Erkältung. Hat je sich ein Weib, das sich gut bekleidet wußte, erkältet? – Ich setze den Fall, daß es kaum bekleidet war.

26.

Ich mißtraue allen Systematikern und gehe ihnen aus dem Weg. Der Wille zum System ist ein Mangel an Rechtschaffenheit.

27.

Man hält das Weib für tief – warum? weil man nie bei ihm auf den Grund kommt. Das Weib ist noch nicht einmal flach.

28.

Wenn das Weib männliche Tugenden hat, so ist es zum Davonlaufen; und wenn es keine männlichen Tugenden hat, so läuft es selbst davon.

29.

„Wie viel hatte ehemals das Gewissen zu beißen! Welche guten Zähne hatte es! –Und heute? woran fehlt es?“ – Frage eines Zahnarztes.

30.

Man begeht selten eine Übereilung allein. In der ersten Übereilung thut man immer zu viel. Eben darum begeht man gewöhnlich noch eine zweite – und nunmehr thut man zu wenig ...

31.

Der getretene Wurm krümmt sich. So ist es klug. Er verringert damit die Wahrscheinlichkeit, von Neuem getreten zu werden. In der Sprache der Moral: D e m u t h . –

32.

Es giebt einen Haß auf Lüge und Verstellung aus einem reizbaren Ehrbegriff; es giebt einen ebensolchen Haß aus Feigheit, insofern die Lüge, durch ein göttliches Gebot, v e r b o t e n ist. Zu feige, um zu lügen ...

33.

Wie wenig gehört zum Glücke! Der Ton eines Dudelsacks. – Ohne Musik wäre das Leben ein Irrthum. Der Deutsche denkt sich selbst Gott liedersingend.

34.

On ne peut penser et écrire qu'assis (G. Flaubert). – Damit habe ich dich, Nihilist! Das Sitzfleisch ist gerade die Sünde wider den heiligen Geist. Nur die ergangenen Gedanken haben Werth.

35.

Es giebt Fälle, wo wir wie Pferde sind, wir Psychologen, und in Unruhe gerathen: wir sehen unsern eignen Schatten vor uns auf- und niederschwanken. Der Psychologe muß von sich absehn, um überhaupt zu sehn.

36.

Ob wir Immoralisten der Tugend Schaden thun? – Ebenso wenig, als die Anarchisten den Fürsten. Erst seitdem diese angeschossen werden, sitzen sie wieder fest auf ihrem Throne. Moral: man muß die Moral anschießen.

37.

Du läufst voran? – Thust du das als Hirt? oder als Ausnahme? Ein dritter Fall wäre der Entlaufene ... Erste Gewissensfrage.

38.

Bist du echt? oder nur ein Schauspieler? Ein Vertreter? oder das Vertretene selbst? – Zuletzt bist du gar bloß ein nachgemachter Schauspieler … Zweite Gewissensfrage.

39.

Der Enttäuschte spricht. – Ich suchte nach großen Menschen, ich fand immer nur die Affen ihres Ideals.

40.

Bist du Einer, der zusieht? oder der Hand anlegt? – oder der wegsieht, bei Seite geht … Dritte Gewissensfrage.

41.

Willst du mitgehn? oder vorangehn? oder für dich gehn? … Man muß wissen, was man will und daß man will. – Vierte Gewissensfrage.

42.

Das waren Stufen für mich, ich bin über sie hinaufgestiegen, – dazu mußte ich über sie hinweg. Aber sie meinten, ich wollte mich auf ihnen zur Ruhe setzen …

43.

Was liegt daran, daß ich Recht behalte! Ich habe zu viel Recht. – Und wer heute am besten lacht, lacht auch zuletzt.

44.

Formel meines Glücks: ein Ja, ein Nein, eine gerade Linie, ein Ziel ...

Das Problem des Sokrates

1.

Über das Leben haben zu allen Zeiten die Weisesten gleich geurtheilt: es taugt nichts ... Immer und überall hat man aus ihrem Munde denselben Klang gehört, – einen Klang voll Zweifel, voll Schwermuth, voll Müdigkeit am Leben, voll Widerstand gegen das Leben. Selbst Sokrates sagte, als er starb: „leben – das heißt lange krank sein: ich bin dem Heilande Asklepios einen Hahn schuldig". Selbst Sokrates hatte es satt. – Was beweist das? Worauf weist das? – Ehemals hätte man gesagt (– oh man hat es gesagt und laut genug und unsre Pessimisten voran!): „Hier muß jedenfalls Etwas wahr sein! Der consensus sapientium beweist die Wahrheit." – Werden wir heute noch so reden? dürfen wir das? „Hier muß jedenfalls Etwas krank sein" – geben wir zur Antwort: diese Weisesten aller Zeiten, man sollte sie sich erst aus der Nähe ansehn! Waren sie vielleicht allesammt auf den Beinen nicht mehr fest? spät? wackelig? décadents? Erschiene die Weisheit vielleicht auf Erden als Rabe, den ein kleiner Geruch von Aas begeistert? ...

2.

Mir selbst ist diese Unehrerbietigkeit, daß die großen Weisen Niedergangs-Typen sind, zuerst gerade in einem Falle aufgegangen, wo ihr am stärksten das gelehrte und ungelehrte Vorurtheil entgegensteht: ich erkannte Sokrates und Plato als Verfalls-Symptome, als Werkzeuge der griechischen Auflösung, als pseudogriechisch, als antigriechisch („Geburt der Tragödie“ 1872). Jener consensus sapientium – das begriff ich immer besser – beweist am wenigsten, daß sie Recht mit Dem hatten, worüber sie übereinstimmten: er beweist vielmehr, daß sie selbst, diese Weisesten, irgend worin physiologisch übereinstimmten, um auf gleiche Weise negativ zum Leben zu stehn, – stehn zu müssen. Urtheile, Werthurtheile über das Leben, für oder wider, können zuletzt niemals wahr sein: sie haben nur Werth als Symptome, sie kommen nur als Symptome in Betracht, – an sich sind solche Urtheile Dummheiten. Man muß durchaus seine Finger darnach ausstrecken und den Versuch machen, diese erstaunliche finesse zu fassen, daß der Werth des Lebens nicht abgeschätzt werden kann. Von einem Lebenden nicht, weil ein solcher Partei, ja sogar Streitobjekt ist und nicht Richter; von einem Todten nicht, aus einem andren Grunde. – Von Seiten eines Philosophen im Werth des Lebens ein Problem sehn, bleibt dergestalt sogar ein Einwurf gegen ihn, ein Fragezeichen an seiner Weisheit, eine Unweisheit. – Wie? und alle diese großen Weisen – sie wären nicht nur décadents, sie wären nicht einmal weise gewesen? – Aber ich komme auf das Problem des Sokrates zurück.

3.

Sokrates gehörte, seiner Herkunft nach, zum niedersten Volk: Sokrates war Pöbel. Man weiß, man sieht es selbst noch, wie häßlich er war. Aber Häßlichkeit, an sich ein Einwand, ist unter Griechen beinahe eine Widerlegung. War Sokrates überhaupt ein Grieche? Die Häßlichkeit ist häufig genug der Ausdruck einer gekreuzten, durch Kreuzung gehemmten Entwicklung. Im andern Falle erscheint sie als niedergehende Entwicklung. Die Anthropologen unter den Criminalisten sagen uns, daß der typische Verbrecher häßlich ist: monstrum in fronte, monstrum in animo. Aber der Verbrecher ist ein décadent. War Sokrates ein typischer Verbrecher? – Zum Mindesten widerspräche dem jenes berühmte Physiognomen-Urtheil nicht, das den Freunden des Sokrates so anstößig klang. Ein Ausländer, der sich auf Gesichter verstand, sagte, als er durch Athen kam, dem Sokrates in's Gesicht, er sei ein monstrum, – er berge alle schlimmen Laster und Begierden in sich. Und Sokrates antwortete bloß: „Sie kennen mich, mein Herr!“ –

4.

Auf décadence bei Sokrates deutet nicht nur die zugestandne Wüstheit und Anarchie in den Instinkten: eben dahin deutet auch die Superfötation des Logischen und jene Rhachitiker-Bosheit, die ihn auszeichnet. Vergessen wir auch jene Gehörs-Hallucinationen nicht, die, als „Dämonion des Sokrates“, in's Religiöse interpretirt worden sind. Alles ist übertrieben, buffo, Caricatur an ihm, Alles ist zugleich versteckt, hintergedanklich, unterirdisch. – Ich suche zu begreifen, aus welcher Idiosynkrasie jene sokratische Gleichsetzung von Vernunft

== Tugend == Glück stammt: jene bizarrste Gleichsetzung, die es giebt und die in Sonderheit alle Instinkte des älteren Hellenen gegen sich hat.

5.

Mit Sokrates schlägt der griechische Geschmack zu Gunsten der Dialektik um: was geschieht da eigentlich? Vor Allem wird damit ein vornehmer Geschmack besiegt; der Pöbel kommt mit der Dialektik obenauf. Vor Sokrates lehnte man in der guten Gesellschaft die dialektischen Manieren ab: sie galten als schlechte Manieren, sie stellten bloß. Man warnte die Jugend vor ihnen. Auch mißtraute man allem solchen Präsentiren seiner Gründe. Honnette Dinge tragen, wie honnette Menschen, ihre Gründe nicht so in der Hand. Es ist unanständig, alle fünf Finger zeigen. Was sich erst beweisen lassen muß, ist wenig werth. Überall, wo noch die Autorität zur guten Sitte gehört, wo man nicht „begründet", sondern befiehlt, ist der Dialektiker eine Art Hanswurst: man lacht über ihn, man nimmt ihn nicht ernst. – Sokrates war der Hanswurst, der sich ernst nehmen machte: was geschah da eigentlich? –

6.

Man wählt die Dialektik nur, wenn man kein andres Mittel hat. Man weiß, daß man Mißtrauen mit ihr erregt, daß sie wenig überredet. Nichts ist leichter wegzuwischen als ein Dialektiker-Effekt: die Erfahrung jeder Versammlung, wo geredet wird, beweist das. Sie kann nur Nothwehr sein, in den Händen Solcher, die keine andern Waffen mehr haben. Man muß sein Recht zu erzwingen haben: eher macht man keinen Gebrauch von ihr.

Die Juden waren deshalb Dialektiker; Reineke Fuchs war es: wie? und Sokrates war es auch? –

7.

– Ist die Ironie des Sokrates ein Ausdruck von Revolte? von Pöbel-Ressentiment? genießt er als Unterdrückter seine eigne Ferocität in den Messerstichen des Syllogismus? rächt er sich an den Vornehmen, die er fascinirt? – Man hat, als Dialektiker, ein schonungsloses Werkzeug in der Hand; man kann mit ihm den Tyrannen machen; man stellt bloß, indem man siegt. Der Dialektiker überläßt seinem Gegner den Nachweis, kein Idiot zu sein: er macht wüthend, er macht zugleich hülflos. Der Dialektiker depotenzirt den Intellekt seines Gegners. – Wie? ist Dialektik nur eine Form der Rache bei Sokrates?

8.

Ich habe zu verstehn gegeben, womit Sokrates abstoßen konnte: es bleibt um so mehr zu erklären, daß er fascinirte. – Daß er eine neue Art Agon entdeckte, daß er der erste Fechtmeister davon für die vornehmen Kreise Athen's war, ist das Eine. Er fascinirte, indem er an den agonalen Trieb der Hellenen rührte, – er brachte eine Variante in den Ringkampf zwischen jungen Männern und Jünglingen. Sokrates war auch ein großer Erotiker.

9.

Aber Sokrates errieth noch mehr. Er sah hinter seine vornehmen Athener; er begriff, daß sein Fall, seine Idiosynkrasie von Fall bereits kein Ausnahmefall war. Die gleiche Art von Degenerescenz bereitete sich überall im Stillen vor: das alte Athen gieng zu Ende, – Und Sokrates verstand, daß alle Welt ihn nöthig hatte, – sein Mittel, seine Cur, seinen Personal-Kunstgriff der Selbst-Erhaltung... Überall waren die Instinkte in Anarchie; überall war man fünf Schritt weit vom Exceß: das monstrum in animo war die allgemeine Gefahr. „Die Triebe wollen den Tyrannen machen; man muß einen Gegentyrannen erfinden, der stärker ist“ ... Als jener Physiognomiker dem Sokrates enthüllt hatte, wer er war, eine Höhle aller schlimmen Begierden, ließ der große Ironiker noch ein Wort verlauten, das den Schlüssel zu ihm giebt. „Dies ist wahr, sagte er, aber ich wurde über alle Herr.“ Wie wurde Sokrates über sich Herr? – Sein Fall war im Grunde nur der extreme Fall, nur der in die Augen springendste von Dem, was damals die allgemeine Noth zu werden anfieng: daß Niemand mehr über sich Herr war, daß die Instinkte sich gegen einander wendeten. Er fascinirte als dieser extreme Fall – seine furchteinflößende Häßlichkeit sprach ihn für jedes Auge aus: er fascinirte, wie sich von selbst versteht, noch stärker als Antwort, als Lösung, als Anschein der Cur dieses Falls. –

10.

Wenn man nöthig hat, aus der Vernunft einen Tyrannen zu machen, wie Sokrates es that, so muß die Gefahr nicht klein sein, daß etwas Andres den Tyrannen macht. Die Vernünftigkeit wurde damals errathen als Retterin; es stand weder Sokrates noch seinen „Kranken“ frei, vernünftig zu sein, – es war de rigueur, es war ihr letztes Mittel. Der Fanatismus, mit dem sich das ganze griechische Nachdenken auf die Vernünftigkeit wirft, verräth eine Nothlage: man war in Gefahr, man hatte nur Eine Wahl: entweder zu Grunde zu gehn oder – absurd-vernünftig zu sein ... Der Moralismus der griechischen Philosophen von Plato ab ist pathologisch bedingt; ebenso ihre Schätzung der Dialektik. Vernunft == Tugend == Glück heißt bloß: man muß es dem Sokrates nachmachen und gegen die dunklen Begehrungen ein Tageslicht in Permanenz herstellen – das Tageslicht der Vernunft. Man muß klug, klar, hell um jeden Preis sein: jedes Nachgeben an die Instinkte, an's Unbewußte führt hinab ...

11.

Ich habe zu verstehn gegeben, womit Sokrates fascinirte: er schien ein Arzt, ein Heiland zu sein. Ist es nöthig, noch den Irrthum aufzuzeigen, der in seinem Glauben an die „Vernünftigkeit um jeden Preis“ lag? – Gs ist ein Selbstbetrug seitens der Philosophen und Moralisten, damit schon aus der décadence herauszutreten, daß sie gegen dieselbe Krieg machen. Das Heraustreten steht außerhalb ihrer Kraft: was sie als Mittel, als Rettung wählen, ist selbst nur wieder ein Ausdruck der décadence – sie verändern deren Ausdruck, sie schaffen sie selbst nicht weg. Sokrates war ein Mißverständnis; die ganze Besserungs-Moral, auch die christliche, war ein Mißverständnis ... Das grellste Tageslicht, die Vernünftigkeit um jeden Preis, das Leben hell, kalt, vorsichtig, bewußt, ohne Instinkt, im Widerstand gegen Instinkte war selbst nur eine Krankheit, eine andre Krankheit – und durchaus kein Rückweg zur „Tugend“, zur „Gesundheit“, zum Glück ... Die Instinkte bekämpfen müssen – das ist die Formel für décadence: so lange das Leben aufsteigt, ist Glück gleich Instinkt. –

12.

– Hat er das selbst noch begriffen, dieser Klügste aller Selbst-Überlister? Sagte er sich das zuletzt, in der Weisheit seines Muthes zum Tode? ... Sokrates wollte sterben: – nicht Athen, er gab sich den Giftbecher, er zwang Athen zum Giftbecher ... „Sokrates ist kein Arzt, sprach er leise zu sich: der Tod allein ist hier Arzt ... Sokrates selbst war nur lange krank ...“

Die „Vernunft“ in der Philosophie

1.

Sie fragen mich, was Alles Idiosynkrasie bei den Philosophen ist? ... Zum Beispiel ihr Mangel an historischem Sinn, ihr Haß gegen die Vorstellung selbst des Werdens, ihr Ägypticismus. Sie glauben einer Sache eine Ehre anzuthun, wenn sie dieselbe enthistorisiren, sub specie aeterni, – wenn sie aus ihr eine Mumie machen. Alles, was Philosophen seit Jahrtausenden gehandhabt haben, waren Begriffs-Mumien; es kam nichts Wirkliches lebendig aus ihren Händen. Sie tödten, sie stopfen aus, diese Herren Begriffs-Götzendiener, wenn sie anbeten, – sie werden Allem lebensgefährlich, wenn sie anbeten. Der Tod, der Wandel, das Alter ebensogut als Zeugung und Wachsthum sind für sie Einwände, – Widerlegungen sogar. Was ist, wird nicht; was wird, ist nicht ... Nun glauben sie Alle, mit Verzweiflung sogar, an's Seiende. Da sie aber dessen nicht habhaft werden, suchen sie nach Gründen, weshalb man's ihnen vorenthält. „Es muß ein Schein, eine Betrügerei dabei sein, daß wir das Seiende nicht wahrnehmen: wo steckt der Betrüger?“ – „Wir haben ihn, schreien sie glückselig, die Sinnlichkeit ist's! Diese Sinne, die auch sonst so unmoralisch sind, sie betrügen uns über die wahre Welt. Moral: loskommen von dem Sinnentrug, vom Werden, von der Historie, von der Lüge, – Historie ist nichts als Glaube an die Sinne, Glaube an die Lüge. Moral: Neinsagen zu Allem, was den Sinnen Glauben schenkt, zum ganzen Rest der Menschheit: das ist Alles „Volk". Philosoph sein, Mumie sein, den Monotono-Theismus durch eine Todtengräber-Mimik darstellen! – Und weg vor Allem mit dem Leibe, dieser erbarmungswürdigen idée fixe der Sinne! behaftet mit allen Fehlern der Logik, die es giebt, widerlegt, unmöglich sogar, ob er schon frech genug ist, sich als wirklich zu gebärden!" ...

2.

Ich nehme, mit hoher Ehrerbietung, den Namen Heraklit's bei Seite. Wenn das andre Philosophen-Volk das Zeugniß der Sinne verwarf, weil dieselben Vielheit und Veränderung zeigten, verwarf er deren Zeugniß, weil sie die Dinge zeigten, als ob sie Dauer und Einheit hätten. Auch Heraklit that den Sinnen Unrecht. Dieselben lügen weder in der Art, wie die Eleaten es glauben, noch wie er es glaubte, – sie lügen überhaupt nicht. Was wir aus ihrem Zeugniß machen, das legt erst die Lüge hinein, zum Beispiel die Lüge der Einheit, die Lüge der Dinglichkeit, der Substanz, der Dauer ... Die „Vernunft" ist die Ursache, daß wir das Zeugniß der Sinne fälschen. Sofern die Sinne das Werden, das Vergehn, den Wechsel zeigen, lügen sie nicht ... Aber damit wird Heraklit ewig Recht behalten, daß das Sein eine leere Fiktion ist. Die „scheinbare" Welt ist die einzige: die „wahre Welt" ist nur hinzugelogen ...

3.

– Und was für feine Werkzeuge der Beobachtung haben wir an unsern Sinnen! Diese Nase zum Beispiel, von der noch kein Philosoph mit Verehrung und Dankbarkeit gesprochen hat, ist sogar einstweilen das delikateste Instrument, das uns zu Gebote steht: es vermag noch Minimaldifferenzen der Bewegung zu constatiren, die selbst das Spektroskop nicht constatirt. Wir besitzen heute genau soweit Wissenschaft, als wir uns entschlossen haben, das Zeugniß der Sinne *anzunehmen*, – als wir sie noch schärfen, bewaffnen, zu Ende denken lernten. Der Rest ist Mißgeburt und Noch-nicht-Wissenschaft: will sagen Metaphysik, Theologie, Psychologie, Erkenntnißtheorie. *Oder* Formal-Wissenschaft, Zeichen-Lehre: wie die Logik und jene angewandte Logik, die Mathematik, In ihnen kommt die Wirklichkeit gar nicht vor, nicht einmal als Problem; ebensowenig als die Frage, welchen Werth überhaupt eine solche Zeichen-Convention, wie die Logik ist, hat. –

4.

Die *andre* Idiosynkrasie der Philosophen ist nicht weniger gefährlich: sie besteht darin, das Letzte und das Erste zu verwechseln. Sie setzen Das, was am Ende kommt – leider! denn es sollte gar nicht kommen! – die „höchsten Begriffe“, das heißt die allgemeinsten, die leersten Begriffe, den letzten Rauch der verdunstenden Realität an den Anfang als Anfang. Es ist dies wieder nur der Ausdruck ihrer Art zu verehren: das Höhere *darf* nicht aus dem Niederen wachsen, *darf* überhaupt nicht *gewachsen* sein ... *Moral*: Alles, was ersten Ranges ist, muß causa sui sein. Die Herkunft aus etwas Anderem gilt als Einwand, als Werth-Anzweiflung. Alle obersten Werthe sind ersten Ranges, alle höchsten Begriffe, das Seiende, das Unbedingte, das Gute, das Wahre, das Vollkommne – das Alles kann nicht geworden sein, muß folglich causa sui sein. Das Alles aber kann auch nicht einander ungleich, kann nicht mit sich im Widerspruch sein... Damit haben sie ihren stupenden Begriff „Gott“... Das Letzte, Dünnste, Leerste wird als Erstes gesetzt, als Ursache an sich, als ens realissimum... Daß die Menschheit die Gehirnleiden kranker Spinneweber hat ernst nehmen müssen! – Und sie hat theuer dafür gezahlt!...

5.

– Stellen wir endlich dagegen, auf welche verschiedne Art wir (– ich sage höflicher Weise wir...) das Problem des Irrthums und der Scheinbarkeit in's Auge fassen. Ehemals nahm man die Veränderung, den Wechsel, das Werden überhaupt als Beweis für Scheinbarkeit, als Zeichen dafür, daß Etwas da sein müsse, das uns irre führe. Heute umgekehrt sehen wir, genau so weit als das Vernunft-Vorurtheil uns zwingt, Einheit, Identität, Dauer, Substanz, Ursache, Dinglichkeit, Sein anzusetzen, uns gewissermaaßen verstrickt in den Irrthum, necessitirt zum Irrthum; so sicher wir auf Grund einer strengen Nachrechnung bei uns darüber sind, daß hier der Irrthum ist. Es steht damit nicht anders, als mit den Bewegungen des großen Gestirns: bei ihnen hat der Irrthum unser Auge, hier hat er unsre Sprache zum beständigen Anwalt. Die Sprache gehört ihrer Entstehung nach in die Zeit der rudimentärsten Form von Psychologie: wir kommen in ein grobes Fetischwesen hinein, wenn wir uns die Grundvoraussetzungen der Sprach-Metaphysik, auf deutsch: der Vernunft, zum Bewußtsein bringen. Das sieht überall Thäter und Thun: das glaubt an Willen als Ursache überhaupt; das glaubt an's „Ich", an's Ich als Sein, an's Ich als Substanz und *projicirt* den Glauben an die Ich-Substanz auf alle Dinge – es *schafft* erst damit den Begriff „Ding"... Das Sein wird überall als Ursache hineingedacht, *untergeschoben*; aus der Conception „Ich" folgt erst, als abgeleitet, der Begriff „Sein"... Am Anfang steht das große Verhängniß von Irrthum, daß der Wille Etwas ist, das *wirkt*, – daß Wille ein *Vermögen* ist... Heute wissen wir, daß er bloß ein Wort ist... Sehr viel später, in einer tausendfach aufgeklärteren Welt kam die *Sicherheit*, die subjektive *Gewißheit* in der Handhabung der Vernunft-Kategorien den Philosophen mit Überraschung zum Bewußtsein: sie schlossen, daß dieselben nicht aus der Empirie stammen könnten, – die ganze Empirie stehe ja zu ihnen in Widerspruch. *Woher also stammen sie?* – Und in Indien wie in Griechenland hat man den gleichen Fehlgriff gemacht: „wir müssen schon einmal in einer höheren Welt heimisch gewesen sein (– statt *in einer sehr viel niederen*: was die Wahrheit gewesen wäre!), wir müssen göttlich gewesen sein, *denn* wir haben die Vernunft!"... In der That, Nichts hat bisher eine naivere Überredungskraft gehabt als der Irrthum vom Sein, wie er zum Beispiel von den Eleaten formulirt wurde: er hat ja jedes Wort für sich, jeden Satz für sich, den wir sprechen! – Auch die Gegner der Eleaten unterlagen noch der Verführung ihres Seins-Begriffs: Demokrit unter Anderen, als er sein *Atom* erfand... Die „Vernunft" in der Sprache: oh was für eine alte betrügerische Weibsperson! Ich fürchte, wir werden Gott nicht los, weil wir noch an die Grammatik glauben...

6.

Man wird mir dankbar sein, wenn ich eine so wesentliche, so neue Einsicht in vier Thesen zusammendränge: ich erleichtere damit das Verstehen, ich fordere damit den Widerspruch heraus.

Erster Satz. Die Gründe, daraufhin „diese“ Welt als scheinbar bezeichnet worden ist, begründen vielmehr deren Realität, – eine andre Art Realität ist absolut unnachweisbar.

Zweiter Satz. Die Kennzeichen, welche man dem „wahren Sein“ der Dinge gegeben hat, sind die Kennzeichen des Nicht-Seins, des Nichts, – man hat die „wahre Welt“ aus dem Widerspruch zur wirklichen Welt aufgebaut: eine scheinbare Welt in der That, insofern sie bloß eine moralisch-optische Täuschung ist.

Dritter Satz. Von einer „andren“ Welt als dieser zu fabeln hat gar keinen Sinn, vorausgesetzt daß nicht ein Instinkt der Verleumdung, Verkleinerung, Verdächtigung des Lebens in uns mächtig ist: im letzteren Falle rächen wir uns am Leben mit der Phantasmagorie eines „anderen“, eines „besseren“ Lebens.

Vierter Satz. Die Welt scheiden in eine „wahre“ und eine „scheinbare“, sei es in der Art des Christenthums, sei es in der Art Kant's (eines hinterlistigen Christen zu guterletzt –) ist nur eine Suggestion der décadence, – ein Symptom niedergehenden Lebens... Daß der Künstler den Schein höher schätzt als die Realität, ist kein Einwand gegen diesen Satz. Denn „der Schein“ bedeutet hier die Realität noch einmal, nur in einer Auswahl, Verstärkung, Correctur ... Der tragische Künstler ist kein Pessimist, – er sagt gerade Ja zu allem Fragwürdigen und Furchtbaren selbst, er ist dionysisch...

Wie die „wahre Welt“ endlich zur Fabel wurde

Geschichte eines Irrthums

1. Die wahre Welt, erreichbar für den Weisen, den Frommen, den Tugendhaften, – er lebt in ihr, er ist sie.

(Älteste Form der Idee, relativ klug, simpel, überzeugend. Umschreibung des Satzes „ich, Plato, bin die Wahrheit“.)

2. Die wahre Welt, unerreichbar für jetzt, aber versprochen für den Weisen, den Frommen, den Tugendhaften („für den Sünder, der Buße thut“).

(Fortschritt der Idee: sie wird feiner, verfänglicher, unfaßlicher, – sie wird Weib, sie wird christlich...)

3. Die wahre Welt, unerreichbar, unbeweisbar, unversprechbar, aber schon als gedacht ein Trost, eine Verpflichtung, ein Imperativ.

(Die alte Sonne im Grunde, aber durch Nebel und Skepsis hindurch; die Idee sublim geworden, bleich, nordisch, königsbergisch.)

4. Die wahre Welt – unerreichbar? Jedenfalls unerreicht. Und als unerreicht auch unbekannt. Folglich auch nicht tröstend, erlösend, verpflichtend: wozu könnte uns etwas Unbekanntes verpflichten? ...

(Grauer Morgen, Erstes Gähnen der Vernunft. Hahnenschrei des Positivismus.)

5. Die „wahre“ Welt“ – eine Idee, die zu Nichts mehr nütz ist, nicht einmal mehr verpflichtend, – eine unnütz, eine

überflüssig gewordene Idee, folglich eine widerlegte Idee: schaffen wir sie ab!

(Heller Tag; Frühstück; Rückkehr des bon sens und der Heiterkeit; Schamröthe Plato's; Teufelslärm aller freien Geister.)

6. Die wahre Welt haben wir abgeschafft: welche Welt blieb übrig? die scheinbare vielleicht?... Aber nein! mit der wahren Welt haben wir auch die scheinbare abgeschafft!

(Mittag; Augenblick des kürzesten Schattens; Ende des längsten Irrthums; Höhepunkt der Menschheit; Incipit Zarathustra.)

Moral als Widernatur

1.

Alle Passionen haben eine Zeit, wo sie bloß verhängnißvoll sind, wo sie mit der Schwere der Dummheit ihr Opfer hinunterziehn, – und eine spätere, sehr viel spätere, wo sie sich mit dem Geist verheirathen, sich „vergeistigen“. Ehemals machte man, wegen der Dummheit in der Passion, der Passion selbst den Krieg: man verschwor sich zu deren Vernichtung, – alle alten Moral-Unthiere sind einmüthig darüber “il faut tuer les passions“. Die berühmteste Formel dafür steht im neuen Testament, in jener Bergpredigt, wo, anbei gesagt, die Dinge durchaus nicht aus der Höhe betrachtet werden. Es wird daselbst zum Beispiel mit Nutzanwendung auf die Geschlechtlichkeit gesagt „wenn dich dein Auge ärgert, so reiße es aus“: zum Glück handelt kein Christ nach dieser Vorschrift. Die Leidenschaften und Begierden vernichten, bloß um ihrer Dummheit und den unangenehmen Folgen ihrer Dummheit vorzubeugen, erscheint uns heute selbst bloß als eine akute Form der Dummheit. Wir bewundern die Zahnärzte nicht mehr, welche die Zähne ausreißen, damit sie nicht mehr weh thun... Mit einiger Billigkeit werde andrerseits zugestanden, daß auf dem Boden, aus dem das Christenthum gewachsen ist, der Begriff “Vergeistigung der Passion“ gar nicht concipirt werden konnte. Die erste Kirche kämpfte ja, wie bekannt, gegen die „Intelligenten“ zu Gunsten der „Armen des Geistes“: wie dürfte man von ihr einen intelligenten Krieg gegen die Passion erwarten? – Die Kirche bekämpft die Leidenschaft mit Ausschneidung in jedem Sinne: ihre Praktik, ihre „Cur“ ist der Castratismus. Sie fragt nie: „wie vergeistigt, verschönt, vergöttlicht man eine Begierde?“ – sie hat zu allen Zeiten den Nachdruck der Disciplin auf die Ausrottung (der Sinnlichkeit, des Stolzes, der Herrschsucht, der Habsucht, der Rachsucht) gelegt. – Aber die Leidenschaften an der Wurzel angreifen heißt das Leben an der Wurzel angreifen: die Praxis der Kirche ist lebensfeindlich...

2.

Dasselbe Mittel: Verschneidung, Ausrottung, wird instinktiv im Kampfe mit einer Begierde von Denen gewählt, welche zu willensschwach, zu degenerirt sind, um sich ein Maaß in ihr auflegen zu können: von jenen Naturen, die la Trappe nöthig haben, im Gleichniß gesprochen (und ohne Gleichniß –), irgend eine endgültige Feindschafts-Erklärung, eine Kluft zwischen sich und einer Passion. Die radikalen Mittel sind nur den Degenerirten unentbehrlich; die Schwäche des Willens, bestimmter geredet die Unfähigkeit, auf einen Reiz nicht zu reagiren, ist selbst bloß eine andre Form der Degenerescenz. Die radikale Feindschaft, die Todfeindschaft gegen die Sinnlichkeit bleibt ein nachdenkliches Symptom: man ist damit zu Vermuthungen über den Gesammt-Zustand eines dergestalt Excessiven berechtigt. – Jene Feindschaft, jener Haß kommt übrigens erst auf seine Spitze, wenn solche Naturen selbst zur Radikal-Cur, zur Absage von ihrem „Teufel“ nicht mehr Festigkeit genug haben. Man überschaue die ganze Geschichte der Priester und Philosophen, der Künstler hinzugenommen: das Giftigste gegen die Sinne ist nicht von den Impotenten gesagt, auch nicht von den Asketen, sondern von den unmöglichen Asketen, von Solchen, die es nöthig gehabt hätten, Asketen zu sein…

3.

Die Vergeistigung der Sinnlichkeit heißt Liebe: sie ist ein großer Triumph über das Christenthum. Ein andrer Triumph ist unsre Vergeistigung der Feindschaft. Sie besteht darin, daß man tief den Werth begreift, den es hat, Feinde zu haben: kurz, daß man umgekehrt thut und schließt, als man ehedem that und schloß. Die Kirche wollte zu allen Zeiten die Vernichtung ihrer Feinde: wir, wir Immoralisten und Antichristen, sehen unsern Vortheil darin, daß die Kirche besteht… Auch im Politischen ist die Feindschaft jetzt geistiger geworden, – viel klüger, viel nachdenklicher, viel schonender. Fast jede Partei begreift ihr Selbsterhaltungs-Interesse darin, daß die Gegenpartei nicht von Kräften kommt; dasselbe gilt von der großen Politik. Eine neue Schöpfung zumal, etwa das neue Reich, hat Feinde nöthiger als Freunde: im Gegensatz erst fühlt es sich nothwendig, im Gegensatz wird es erst nothwendig... Nicht anders verhalten wir uns gegen den „inneren Feind“: auch da haben wir die Feindschaft vergeistigt, auch da haben wir ihren Werth begriffen. Man ist nur fruchtbar um den Preis, an Gegensätzen reich zu sein; man bleibt nur jung unter der Voraussetzung, daß die Seele nicht sich streckt, nicht nach Frieden begehrt... Nichts ist uns fremder geworden als jene Wünschbarkeit von Ehedem, die vom „Frieden der Seele“, die christliche Wünschbarkeit; Nichts macht uns weniger Neid als die Moral-Kuh und das fette Glück des guten Gewissens. Man hat auf das große Leben verzichtet, wenn man auf den Krieg verzichtet... In vielen Fällen freilich ist der „Frieden der Seele“ bloß ein Mißverständniß, – etwas Anderes, das sich nur nicht ehrlicher zu benennen weiß. Ohne Umschweif und Vorurtheil ein paar Fälle. „Frieden der Seele“ kann zum Beispiel die sanfte Ausstrahlung einer reichen Animalität in's Moralische (oder Religiöse) sein. Oder der Anfang der Müdigkeit, der erste Schatten, den der Abend, jede Art Abend wirft. Oder ein Zeichen davon, daß die Luft feucht ist, daß Südwinde herankommen. Oder die Dankbarkeit wider Wissen für eine glückliche Verdauung („Menschenliebe“ mitunter genannt). Oder das Stille-werden des Genesenden, dem alle Dinge neu schmecken und der wartet... Oder der Zustand, der einer starken Befriedigung unsrer herrschenden Leidenschaft folgt, das Wohlgefühl einer seltnen Sattheit. Oder die Altersschwäche unsres Willens, unsrer Begehrungen, unsrer Laster. Oder die Faulheit, von der Eitelkeit überredet, sich moralisch aufzuputzen. Oder der Eintritt einer Gewißheit, selbst furchtbaren Gewißheit, nach einer langen Spannung und Marterung durch die Ungewißheit. Oder der Ausdruck der Reife und Meisterschaft mitten im Thun, Schaffen, Wirken, Wollen, das ruhige Athmen, die erreichte “Freiheit des Willens“... Götzen-Dämmerung: wer weiß? vielleicht auch nur eine Art „Frieden der Seele“...

4.

– Ich bringe ein Princip in Formel. Jeder Naturalismus in der Moral, das heißt jede gesunde Moral, ist von einem Instinkte des Lebens beherrscht, – irgend ein Gebot des Lebens wird mit einem bestimmten Kanon von „Soll" und „Soll nicht" erfüllt, irgend eine Hemmung und Feindseligkeit auf dem Wege des Lebens wird damit bei Seite geschafft. Die widernatürliche Moral, das heißt fast jede Moral, die bisher gelehrt, verehrt und gepredigt worden ist, wendet sich umgekehrt gerade gegen die Instinkte des Lebens, – sie ist eine bald heimliche, bald laute und freche Verurtheilung dieser Instinkte. Indem sie sagt „Gott sieht das Herz an", sagt sie Nein zu den untersten und obersten Begehrungen des Lebens und nimmt Gott als Feind des Lebens... Der Heilige, an dem Gott sein Wohlgefallen hat, ist der ideale Castrat ... Das Leben ist zu Ende, wo das „Reich Gottes" anfängt...

5.

Gesetzt, daß man das Frevelhafte einer solchen Auflehnung gegen das Leben begriffen hat, wie sie in der christlichen Moral beinahe sakrosankt geworden ist, so hat man damit, zum Glück, auch etwas Andres begriffen: das Nutzlose, Scheinbare, Absurde, Lügnerische einer solchen Auflehnung. Eine Verurtheilung des Lebens von Seiten des Lebenden bleibt zuletzt doch nur das Symptom einer bestimmten Art von Leben: die Frage, ob mit Recht, ob mit Unrecht, ist gar nicht damit aufgeworfen. Man müßte eine Stellung außerhalb des Lebens haben, und andrerseits es so gut kennen, wie Einer, wie Viele, wie Alle, die es gelebt haben, um das Problem vom Werth des Lebens überhaupt anrühren zu dürfen: Gründe genug, um zu begreifen, daß dies Problem ein für uns unzugängliches Problem ist. Wenn wir von Werthen reden, reden wir unter der Inspiration, unter der Optik des Lebens: das Leben selbst zwingt uns, Werthe anzusetzen; das Leben selbst werthet durch uns, wenn wir Werthe ansetzen ... Daraus folgt, daß auch jene Widernatur von Moral, welche Gott als Gegenbegriff und Verurtheilung des Lebens faßt, nur ein Werthurtheil des Lebens ist – welches Lebens? welcher Art von Leben? – Aber ich gab schon die Antwort: des niedergehenden, des geschwächten, des müden, des verurtheilten Lebens. Moral, wie sie bisher verstanden worden ist – wie sie zuletzt noch von Schopenhauer formulirt wurde als „Verneinung des Willens zum Leben" – ist der décadence-Instinkt selbst, der aus sich einen Imperativ macht: sie sagt: „ geh zu Grunde!" – sie ist das Urtheil Verurtheilter...

6.

Erwägen wir endlich noch, welche Naivetät es überhaupt ist, zu sagen „so und so sollte der Mensch sein!" Die Wirklichkeit zeigt uns einen entzückenden Reichthum der Typen, die Üppigkeit eines verschwenderischen Formenspiels und -Wechsels: und irgend ein armseliger Eckensteher von Moralist sagt dazu: „nein! der Mensch sollte anders sein"? ... Er weiß es sogar, wie er sein sollte, dieser Schlucker und Mucker; er malt sich an die Wand und sagt dazu „ ecce homo!" ... Aber selbst wenn der Moralist sich bloß an den Einzelnen wendet und zu ihm sagt: „so und so solltest du sein!" hört er nicht auf, sich lächerlich zu machen. Der Einzelne ist ein Stuck Fatum von Vorne und von Hinten, ein Gesetz mehr, eine Notwendigkeit mehr für Alles, was kommt und sein wird. Zu ihm sagen „ändere dich“ heißt verlangen, daß Alles sich ändert, sogar rückwärts noch... Und wirklich, es gab consequente Moralisten, sie wollten den Menschen anders, nämlich tugendhaft, sie wollten ihn nach ihrem Bilde, nämlich als Mucker: dazu verneinten sie die Welt! Keine kleine Tollheit! Keine bescheidne Art der Unbescheidenheit!... Die Moral, insofern sie verurtheilt, an sich, nicht aus Hinsichten, Rücksichten, Absichten des Lebens, ist ein specifischer Irrthum, mit dem man kein Mitleiden haben soll, eine Degenerirten-Idiosynkrasie, die unsäglich viel Schaden gestiftet hat!... Wir Anderen, wir Immoralisten, haben umgekehrt unser Herz weit gemacht für alle Art Verstehn, Begreifen, Gutheißen. Wir verneinen nicht leicht, wir suchen unsre Ehre darin, Bejahende zu sein. Immer mehr ist uns das Auge für jene Ökonomie aufgegangen, welche alles Das noch braucht und auszunützen weiß, was der heilige Aberwitz des Priesters, der kranken Vernunft im Priester verwirft, für jene Ökonomie im Gesetz des Lebens, die selbst aus der widerlichen Species des Muckers, des Priesters, des Tugendhaften ihren Vortheil zieht, – welchen Vortheil? – Aber wir selbst, wir Immoralisten sind hier die Antwort...

Die vier großen Irrthümer

1.

Irrthum der Verwechslung von Ursache und Folge. – Es giebt keinen gefährlicheren Irrthum, als die Folge mit der Ursache zu verwechseln: ich heiße ihn die eigentliche Verderbniß der Vernunft. Trotzdem gehört dieser Irrthum zu den ältesten und jüngsten Gewohnheiten der Menschheit: er ist selbst unter uns geheiligt, er trägt den Namen „Religion“, „Moral“. Jeder Satz, den die Religion und die Moral formulirt, enthält ihn; Priester und Moral-Gesetzgeber sind die Urheber jener Verderbniß der Vernunft. – Ich nehme ein Beispiel. Jedermann kennt das Buch des berühmten Cornaro, in dem er seine schmale Diät als Recept zu einem langen und glücklichen Leben – auch tugendhaften – anräth. Wenige Bücher sind so viel gelesen worden, noch jetzt wird es in England jährlich in vielen Tausenden von Exemplaren gedruckt. Ich zweifle nicht daran, daß kaum ein Buch (die Bibel, wie billig, ausgenommen) so viel Unheil gestiftet, so viele Leben verkürzt hat wie dies so wohlgemeinte Curiosum. Grund dafür: die Verwechslung der Folge mit der Ursache. Der biedere Italiener sah in seiner Diät die Ursache seines langen Lebens: während die Vorbedingung zum langen Leben, die außerordentliche Langsamkeit des Stoffwechsels, der geringe Verbrauch, die Ursache seiner schmalen Diät war. Es stand ihm nicht frei, wenig oder viel zu essen, seine Frugalität war nicht ein „freier Wille“: er wurde krank, wenn er mehr aß. Wer aber kein Karpfen ist, thut nicht nur gut, sondern hat es nöthig, ordentlich zu essen. Ein Gelehrter unsrer Tage, mit seinem rapiden Verbrauch an Nervenkraft, würde sich mit dem régime Cornaro's zu Grunde richten. Crede experto. –

2.

Die allgemeinste Formel, die jeder Religion und Moral zu Grunde liegt, heißt: „Thue das und das, laß das und das – so wirst du glücklich! Im andern Falle…“ Jede Moral, jede Religion ist dieser Imperativ, – ich nenne ihn die große Erbsünde der Vernunft, die *unsterbliche Unvernunft*. In meinem Munde verwandelt sich jene Formel in ihre Umkehrung – *erstes* Beispiel meiner „Umwerthung aller Werthe“: ein wohlgerathner Mensch, ein „Glücklicher“, *muß* gewisse Handlungen thun und scheut sich instinktiv vor andren Handlungen; er trägt die Ordnung, die er physiologisch darstellt, in seine Beziehungen zu Menschen und Dingen hinein. In Formel: seine Tugend ist die *Folge* seines Glücks ... Langes Leben, eine reiche Nachkommenschaft ist nicht der Lohn der Tugend, die Tugend ist vielmehr selbst jene Verlangsamung des Stoffwechsels, die, unter Anderem, auch ein langes Leben, eine reiche Nachkommenschaft, kurz den *Cornarismus* im Gefolge hat. – Die Kirche und die Moral sagen: „ein Geschlecht, ein Volk wird durch Laster und Luxus zu Grunde gerichtet“. Meine *wiederhergestellte* Vernunft sagt: wenn ein Volk zu Grunde geht, physiologisch degenerirt, *so folgen* daraus Laster und Luxus (das heißt das Bedürfniß nach immer stärkeren und häufigeren Reizen, wie sie jede erschöpfte Natur kennt). Dieser junge Mann wird frühzeitig blaß und welk. Seine Freunde sagen: daran ist die und die Krankheit schuld. Ich sage: *daß* er krank wurde, *daß* er der Krankheit nicht widerstand, war bereits die Folge eines verarmten Lebens, einer hereditären Erschöpfung. Der Zeitungsleser sagt: diese Partei richtet sich mit einem solchen Fehler zu Grunde. Meine *höhere* Politik sagt: eine Partei, die solche Fehler macht, ist am Ende – sie hat ihre Instinkt-Sicherheit nicht mehr. Jeder Fehler in jedem Sinne ist die Folge von Instinkt-Entartung, von Disgregation des Willens: man definirt beinahe damit das *Schlechte*. Alles Gute ist Instinkt – und folglich leicht, nothwendig, frei. Die Mühsal ist ein Einwand, der *Gott* ist typisch vom Helden unterschieden (in meiner Sprache: die *leichten* Füße das erste Attribut der Göttlichkeit).

3.

Irrthum einer falschen Ursächlichkeit. – Man hat zu allen Zeiten geglaubt, zu wissen, was eine Ursache ist: aber woher nahmen wir unser Wissen, genauer, unsern Glauben, hier zu wissen? Aus dem Bereich der berühmten „inneren Thatsachen", von denen bisher keine sich als thatsächlich erwiesen hat. Wir glaubten uns selbst im Akt des Willens ursächlich: wir meinten da wenigstens die Ursächlichkeit auf der That zu ertappen. Man zweifelte insgleichen nicht daran, daß alle antecedentia einer Handlung, ihre Ursachen, im Bewußtsein zu suchen seien und darin sich wiederfänden, wenn man sie suche – als „Motive": man wäre ja sonst zu ihr nicht frei, für sie nicht verantwortlich gewesen. Endlich, wer hätte bestritten, daß ein Gedanke verursacht wird? daß das Ich den Gedanken verursacht? ... Von diesen drei „inneren Thatsachen", mit denen sich die Ursächlichkeit zu verbürgen schien, ist die erste und überzeugendste die vom Willen als Ursache; die Conception eines Bewußtseins („Geistes") als Ursache und später noch die des Ich (des „Subjekts") als Ursache sind bloß nachgeboren, nachdem vom Willen die Ursächlichkeit als gegeben feststand, als Empirie ... Inzwischen haben wir uns besser besonnen. Wir glauben heute kein Wort mehr von dem Allen. Die „innere Welt" ist voller Trugbilder und Irrlichter: der Wille ist eins von ihnen. Der Wille bewegt nichts mehr, erklärt folglich auch nichts mehr – er begleitet bloß Vorgänge, er kann auch fehlen. Das sogenannte „Motiv": ein andrer Irrthum. Bloß ein Oberflächenphänomen des Bewußtseins, ein Nebenher der That, das eher noch die antecedentia einer That verdeckt, als daß es sie darstellt. Und gar das Ich! Das ist zur Fabel geworden, zur Fiktion, zum Wortspiel: das hat ganz und gar aufgehört, zu denken, zu fühlen und zu wollen! ... Was folgt daraus? Es giebt gar keine geistigen Ursachen! Die ganze angebliche Empirie dafür gieng zum

Teufel! Das folgt daraus! – Und wir hatten einen artigen Mißbrauch mit jener „Empirie“ getrieben, wir hatten die Welt daraufhin geschaffen als eine Ursachen-Welt, als eine Willens-Welt, als eine Geister-Welt. Die älteste und längste Psychologie war hier am Werk, sie hat gar nichts Andres gethan: alles Geschehen war ihr ein Thun, alles Thun Folge eines Willens, die Welt wurde ihr eine Vielheit von Thätern, ein Thäter (ein „Subjekt“) schob sich allem Geschehen unter. Der Mensch hat seine drei “inneren Thatsachen“, Das, woran er am festesten glaubte, den Willen, den Geist, das Ich, aus sich herausprojicirt, – er nahm erst den Begriff Sein aus dem Begriff Ich heraus, er hat die „Dinge“ als seiend gesetzt nach seinem Bilde, nach seinem Begriff des Ichs als Ursache. Was Wunder, daß er später in den Dingen immer nur wiederfand, was er in sie gesteckt hatte? – Das Ding selbst, nochmals gesagt, der Begriff Ding ein Reflex bloß vom Glauben an's Ich als Ursache ... Und selbst noch Ihr Atom, meine Herren Mechanisten und Physiker, wie viel Irrthum, wie viel rudimentäre Psychologie ist noch in Ihrem Atom rückständig! – Gar nicht zu reden vom „Ding an sich“, vom horrendum pudendum der Metaphysiker! Der Irrthum vom Geist als Ursache mit der Realität verwechselt! Und zum Maaß der Realität gemacht! Und Gott genannt! –

4.

Irrthum der imaginären Ursachen. – Vom Traume auszugehn: einer bestimmten Empfindung, zum Beispiel in Folge eines fernen Kanonenschusses, wird nachträglich eine Ursache untergeschoben (oft ein ganzer kleiner Roman, in dem gerade der Träumende die Hauptperson ist). Die Empfindung dauert inzwischen fort, in einer Art von Resonanz: sie wartet gleichsam, bis der Ursachen-Trieb ihr erlaubt, in den Vordergrund zu treten, –

nunmehr nicht mehr als Zufall, sondern als „Sinn“. Der Kanonenschuß tritt in einer causalen Weise auf, in einer anscheinenden Umkehrung der Zeit. Das Spätere, die Motivirung, wird zuerst erlebt, oft mit hundert Einzelnheiten, die wie im Blitz vorübergehn, der Schutz folgt ... Was ist geschehen? Die Vorstellungen, welche ein gewisses Befinden erzeugte, wurden als Ursache desselben mißverstanden. – Thatsächlich machen wir es im Wachen ebenso. Unsre meisten Allgemeingefühle – jede Art Hemmung, Druck, Spannung, Explosion im Spiel und Gegenspiel der Organe, wie in Sonderheit der Zustand des nervus symphaticus – erregen unsern Ursachentrieb: wir wollen einen Grund haben, uns so und so zu befinden, – uns schlecht zu befinden oder gut zu befinden. Es genügt uns niemals, einfach bloß die Thatsache, daß wir uns so und so befinden, festzustellen: wir lassen diese Thatsache erst zu – werden ihrer bewußt –, wenn wir ihr eine Art Motivirung gegeben haben. – Die Erinnerung, die in solchem Falle, ohne unser Wissen, in Thätigkeit tritt, führt frühere Zustände gleicher Art und die damit verwachsenen Causal-Interpretationen herauf, – nicht deren Ursächlichkeit. Der Glaube freilich, daß die Vorstellungen, die begleitenden Bewußtseins-Vorgänge die Ursachen gewesen seien, wird durch die Erinnerung auch mit herausgebracht. So entsteht eine Gewöhnung an eine bestimmte Ursachen-Interpretation, die in Wahrheit eine Erforschung der Ursache hemmt und selbst ausschließt.

5.

Psychologische Erklärung dazu. – Etwas Unbekanntes auf etwas Bekanntes zurückführen erleichtert, beruhigt, befriedigt, giebt außerdem ein Gefühl von Macht. Mit dem Unbekannten ist die Gefahr, die Unruhe, die Sorge gegeben, – der erste Instinkt geht dahin, diese peinlichen Zustände wegzuschaffen. Erster Grundsatz: irgend eine Erklärung ist besser als keine. Weil es sich im Grunde nur um ein Loswerdenwollen drückender Vorstellungen handelt, nimmt man es nicht gerade streng mit den Mitteln, sie loszuwerden: die erste Vorstellung, mit der sich das Unbekannte als bekannt erklärt, thut so wohl, daß man sie „für wahr hält“. Beweis der Lust („der Kraft“) als Criterium der Wahrheit. – Der Ursachen-Trieb ist also bedingt und erregt durch das Furchtgefühl. Das „Warum?“ soll, wenn irgend möglich, nicht sowohl die Ursache um ihrer selber willen geben, als vielmehr eine Art von Ursache – eine beruhigende, befreiende, erleichternde Ursache. Daß etwas schon Bekanntes, Erlebtes, in die Erinnerung Eingeschriebenes als Ursache angesetzt wird, ist die erste Folge dieses Bedürfnisses. Das Neue, das Unerlebte, das Fremde wird als Ursache ausgeschlossen. – Es wird also nicht nur eine Art von Erklärungen als Ursache gesucht, sondern eine ausgesuchte und bevorzugte Art von Erklärungen, die, bei denen am schnellsten, am häufigsten das Gefühl des Fremden, Neuen, Unerlebten weggeschafft worden ist, – die gewöhnlichsten Erklärungen. – Folge: eine Art von Ursachen-Setzung überwiegt immer mehr, concentrirt sich zum System und tritt endlich dominirend hervor, das heißt andre Ursachen und Erklärungen einfach ausschließend. – Der Banquier denkt sofort an's „Geschäft“, der Christ an die „Sünde“, das Mädchen an seine Liebe.

6.

Der ganze Bereich der Moral und Religion gehört unter diesen Begriff der imaginären Ursachen. –

„Erklärung“ der *unangenehmen* Allgemeingefühle. Dieselben sind bedingt durch Wesen, die uns feind sind (böse Geister: berühmtester Fall – Mißverständniß der Hysterischen als Hexen). Dieselben sind bedingt durch Handlungen, die nicht zu billigen sind (das Gefühl der „Sünde“, der „Sündhaftigkeit“ einem physiologischen Mißbehagen untergeschoben – man findet immer Gründe, mit sich unzufrieden zu sein). Dieselben sind bedingt als Strafen, als eine Abzahlung für Etwas, das wir nicht hätten thun, das wir nicht hätten *sein* sollen (in impudenter Form von Schopenhauer zu einem Satze verallgemeinert, in dem die Moral als Das erscheint, was sie ist, als eigentliche Giftmischerin und Verleumderin des Lebens: „jeder große Schmerz, sei er leiblich, sei er geistig, sagt aus, was wir verdienen: denn er könnte nicht an uns kommen, wenn wir ihn nicht verdienten“. Welt als Wille und Vorstellung II, 666). Dieselben sind bedingt als Folgen unbedachter, schlimm auslaufender Handlungen (– die Affekte, die Sinne als Ursache, als „schuld“ angesetzt; physiologische Nothstände mit Hülfe *andrer* Nothstände als „verdient“ ausgelegt). – „Erklärung“ der *angenehmen* Allgemeingefühle. Dieselben sind bedingt durch Gottvertrauen. Dieselben sind bedingt durch das Bewußtsein guter Handlungen (das sogenannte „gute Gewissen“, ein physiologischer Zustand, der mitunter einer glücklichen Verdauung zum Verwechseln ähnlich sieht). Dieselben sind bedingt durch den glücklichen Ausgang von Unternehmungen (– naiver Fehlschluß: der glückliche Ausgang einer Unternehmung schafft einem Hypochonder oder einem Pascal durchaus keine angenehmen Allgemeingefühle). Dieselben sind bedingt durch Glaube, Liebe, Hoffnung – die christlichen Tugenden. – In Wahrheit sind alle diese vermeintlichen Erklärungen Folgezustände und gleichsam Übersetzungen von Lust- oder Unlust-Gefühlen in einen falschen Dialekt: man ist im Zustande zu hoffen, weil das physiologische

Grundgefühl wieder stark und reich ist; man vertraut Gott, *weil* das Gefühl der Fülle und Stärke einem Ruhe giebt. – Die Moral und Religion gehört ganz und gar unter die *Psychologie des Irrthums*: in jedem einzelnen Falle wird Ursache und Wirkung verwechselt; oder die Wahrheit mit der Wirkung des als wahr *Geglaubten* verwechselt; oder ein Zustand des Bewußtseins mit der Ursächlichkeit dieses Zustands verwechselt.

7.

Irrthum vom freien Willen. – Wir haben heute kein Mitleid mehr mit dem Begriff „freier Wille"; wir wissen nur zu gut, was er ist – das anrüchigste Theologen-Kunststück, das es giebt, zum Zweck, die Menschheit in ihrem Sinne „verantwortlich" zu machen, das heißt *sie von sich abhängig zu machen*... Ich gebe hier nur die Psychologie alles Verantwortlichmachens. – Überall, wo Verantwortlichkeiten gesucht werden, pflegt es der Instinkt des *Strafen- und Richten-wollens* zu sein, der da sucht. Man hat das Werden seiner Unschuld entkleidet, wenn irgend ein So-und-so-Sein auf Wille, auf Absichten, auf Akte der Verantwortlichkeit zurückgeführt wird: die Lehre vom Willen ist wesentlich erfunden zum Zweck der Strafe, das heißt des *Schuldig-finden-wollens*. Die ganze alte Psychologie, die Willens-Psychologie hat ihre Voraussetzung darin, daß deren Urheber, die Priester an der Spitze alter Gemeinwesen, sich ein *Recht* schaffen wollten, Strafen zu verhängen – oder Gott dazu ein Recht schaffen wollten... Die Menschen wurden „frei" gedacht, um gerichtet, um gestraft werden zu können – um *schuldig* werden zu können: folglich *mußte* jede Handlung als gewollt, der Ursprung jeder Handlung im Bewußtsein liegend gedacht werden (– womit die *grundsätzlichste* Falschmünzerei in psychologicis zum Princip der Psychologie selbst gemacht war...). Heute, wo wir in die umgekehrte Bewegung eingetreten sind, wo wir Immoralisten zumal mit aller Kraft den Schuldbegriff und den Strafbegriff aus der Welt wieder herauszunehmen und Psychologie, Geschichte, Natur, die gesellschaftlichen Institutionen und Sanktionen von ihnen zu reinigen suchen, giebt es in unsern Augen keine radikalere Gegnerschaft als die der Theologen, welche fortfahren, mit dem Begriff der „sittlichen Weltordnung" die Unschuld des Werdens durch „Strafe" und „Schuld" zu durchseuchen. Das Christentum ist eine Metaphysik des Henkers ...

8.

Was kann allein unsre Lehre sein? – Daß Niemand dem Menschen seine Eigenschaften giebt, weder Gott, noch die Gesellschaft, noch seine Eltern und Vorfahren, noch er selbst (– der Unsinn der hier zuletzt abgelehnten Vorstellung ist als „intelligible Freiheit" von Kant, vielleicht auch schon von Plato gelehrt worden). Niemand ist dafür verantwortlich, daß er überhaupt da ist, daß er so und so beschaffen ist, daß er unter diesen Umständen, in dieser Umgebung ist. Die Fatalität seines Wesens ist nicht herauszulösen aus der Fatalität alles Dessen, was war und was sein wird. Er ist nicht die Folge einer eignen Absicht, eines Willens, eines Zwecks, mit ihm wird nicht der Versuch gemacht, ein „Ideal von Mensch" oder ein „Ideal von Glück" oder ein „Ideal von Moralität" zu erreichen, – es ist absurd, sein Wesen in irgend einen Zweck hin abwälzen zu wollen. Wir haben den Begriff „Zweck" erfunden: in der Realität fehlt der Zweck... Man ist nothwendig, man ist ein Stück Verhängniß, man gehört zum Ganzen, man ist im Ganzen, – es giebt Nichts, was unser Sein richten, messen, vergleichen, verurtheilen könnte, denn das hieße das Ganze richten, messen, vergleichen, verurtheilen ... Aber es giebt Nichts außer dem Ganzen! –Daß Niemand mehr verantwortlich gemacht wird, daß die Art des Seins nicht auf eine causa prima zurückgeführt werden darf, daß die Welt weder als Sensorium, noch als „Geist“ eine Einheit ist, dies erst ist die große Befreiung, –damit erst ist die Unschuld des Werdens wieder hergestellt... Der Begriff „Gott“ war bisher der größte Einwand gegen das Dasein... Wir leugnen Gott, wir leugnen die Verantwortlichkeit in Gott: damit erst erlösen wir die Welt. –

Die „Verbesserer“ der Menschheit

1.

Man kennt meine Forderung an den Philosophen, sich jenseits von Gut und Böse zu stellen, – die Illusion des moralischen Urtheils unter sich zu haben. Diese Forderung folgt aus einer Einsicht, die von mir zum ersten Male formulirt worden ist: daß es gar keine moralischen Thatsachen giebt. Das moralische Urtheil hat Das mit dem religiösen gemein, daß es an Realitäten glaubt, die keine sind. Moral ist nur eine Ausdeutung gewisser Phänomene, bestimmter geredet eine Mißdeutung. Das moralische Urtheil gehört, wie das religiöse, einer Stufe der Unwissenheit zu, auf der selbst der Begriff des Realen, die Unterscheidung des Realen und Imaginären noch fehlt: sodaß „Wahrheit“ auf solcher Stufe lauter Dinge bezeichnet, die wir heute „Einbildungen“ nennen. Das moralische Urtheil ist insofern nie wörtlich zu nehmen: als solches enthält es immer nur Widersinn. Aber es bleibt als Semiotik unschätzbar: es offenbart, für den Wissenden wenigstens, die wertvollsten Realitäten von Culturen und Innerlichkeiten, die nicht genug *wußten*, um sich selbst zu „verstehn“. Moral ist bloß Zeichenrede, bloß Symptomatologie: man muß bereits wissen, *worum* es sich handelt, um von ihr Nutzen zu ziehn.

2.

Ein erstes Beispiel und ganz vorläufig. Zu allen Zeiten hat man die Menschen „verbessern“ wollen: dies vor Allem hieß Moral. Aber unter dem gleichen Wort ist das Allerverschiedenste von Tendenz versteckt. Sowohl die *Zähmung* der Bestie Mensch, als die *Züchtung* einer bestimmten Gattung Mensch ist „Besserung“ genannt worden: erst diese zoologischen termini drücken Realitäten aus, – Realitäten freilich, von denen der typische „Verbesserer“, der Priester, Nichts weiß – Nichts wissen *will*... Die Zähmung eines Thieres seine „Besserung“ nennen ist in unsern Ohren beinahe ein Scherz. Wer weiß, was in Menagerien geschieht, zweifelt daran, daß die Bestie daselbst „verbessert“ wird. Sie wird geschwächt, sie wird weniger schädlich gemacht, sie wird durch den depressiven Affekt der Furcht, durch Schmerz, durch Wunden, durch Hunger zur *krankhaften* Bestie. – Nicht anders steht es mit dem gezähmten Menschen, den der Priester „verbessert“ hat. Im frühen Mittelalter, wo in der That die Kirche vor Allem eine Menagerie war, machte man allerwärts auf die schönsten Exemplare der „blonden Bestie“ Jagd, – man „verbesserte“ zum Beispiel die vornehmen Germanen. Aber wie sah hinterdrein ein solcher „verbesserter“, in's Kloster verführter Germane aus? Wie eine Caricatur des Menschen, wie eine Mißgeburt: er war zum „Sünder“ geworden, er stak im Käfig, man hatte ihn zwischen lauter schreckliche Begriffe eingesperrt ... Da lag er nun, krank, kümmerlich, gegen sich selbst böswillig: voller Haß gegen die Antriebe zum Leben, voller Verdacht gegen Alles, was noch stark und glücklich war. kurz, ein „Christ“ ... Physiologisch geredet: im Kampf mit der Bestie *kann* Krankmachen das einzige Mittel sein, sie schwach zu machen. Das verstand die Kirche: sie *verdarb* den Menschen, sie schwächte ihn, – aber sie nahm in Anspruch, ihn „verbessert“ zu haben ...

3.

Nehmen wir den andern Fall der sogenannten Moral, den Fall der *Züchtung* einer bestimmten Rasse und Art. Das großartigste Beispiel dafür giebt die indische Moral, als „Gesetz des Manu“ zur Religion sanktionirt. Hier ist die Aufgabe gestellt, nicht weniger als vier Rassen auf einmal zu züchten: eine priesterliche, eine kriegerische, eine händler- und ackerbauerische, endlich eine Dienstboten-Rasse, die Sudras. Ersichtlich sind wir hier nicht mehr unter Thierbändigern: eine hundertmal mildere und vernünftigere Art Mensch ist die Voraussetzung, um auch nur den Plan einer solchen Züchtung zu concipiren. Man athmet auf, aus der christlichen Kranken- und Kerkerluft in diese gesündere, höhere, *weitere* Welt einzutreten. Wie armselig ist das „neue Testament“ gegen Manu, wie schlecht riecht es! – Aber auch diese Organisation hatte nöthig, *furchtbar* zu sein, – nicht diesmal im Kampf mit der Bestie, sondern mit *ihrem* Gegensatz-Begriff, dem Nicht-Zucht-Menschen, dem Mischmasch-Menschen, dem Tschandala. Und wieder hatte sie kein andres Mittel, ihn ungefährlich, ihn schwach zu machen, als ihn *krank* zu machen, – es war der Kampf mit der „großen Zahl“. Vielleicht giebt es nichts unserm Gefühle Widersprechenderes als *diese* Schutzmaaßregeln der indischen Moral. Das dritte Edikt zum Beispiel (Avadana-Sastra

I), das „von den unreinen Gemüsen“, ordnet an, daß die einzige Nahrung, die den Tschandala erlaubt ist, Knoblauch und Zwiebeln sein sollen, in Anbetracht, daß die heilige Schrift verbietet, ihnen Korn oder Früchte, die Körner tragen, oder Wasser oder Feuer zu geben. Dasselbe Edikt setzt fest, daß das Wasser, welches sie nöthig haben, weder aus den Flüssen, noch aus den Quellen, noch aus den Teichen genommen werden dürfe, sondern nur aus den Zugängen zu Sümpfen und aus Löchern, welche durch die Fußtapfen der Thiere entstanden sind. Insgleichen wird ihnen verboten, ihre Wäsche zu waschen und sich selbst zu waschen, da das Wasser, das ihnen aus Gnade zugestanden wird, nur benutzt werden darf, den Durst zu löschen. Endlich ein Verbot an die Sudra-Frauen, den Tschandala-Frauen bei der Geburt beizustehn, insgleichen noch eins für die letzteren, einander dabei beizustehn ... – Der Erfolg einer solchen Sanitäts-Polizei blieb nicht aus: mörderische Seuchen, scheußliche Geschlechtskrankheiten und darauf hin wieder „das Gesetz des Messers“, die Beschneidung für die männlichen, die Abtragung der kleinen Schamlippen für die weiblichen Kinder anordnend. – Manu selbst sagt: „die Tschandala sind die Frucht von Ehebruch, Incest und Verbrechen (– dies die nothwendige Consequenz des Begriffs Züchtung). Sie sollen zu Kleidern nur die Lumpen von Leichnamen haben, zum Geschirr zerbrochne Töpfe, zum Schmuck altes Eisen, zum Gottesdienst nur die bösen Geister; sie sollen ohne Ruhe von einem Ort zum andern schweifen. Es ist ihnen verboten, von links nach rechts zu schreiben und sich der rechten Hand zum Schreiben zu bedienen: der Gebrauch der rechten Hand und des Von-links-nach-rechts ist bloß den Tugendhaften vorbehalten, den Leuten von Rasse.“ –

4.

Diese Verfügungen sind lehrreich genug: in ihnen haben wir einmal die arische Humanität, ganz rein, ganz ursprünglich, – wir lernen, daß der Begriff „reines Blut“ der Gegensatz eines harmlosen Begriffs ist. Andrerseits wird klar, in welchem Volk sich der Haß, der Tschandala-Haß gegen diese „Humanität“ verewigt hat, wo er Religion, wo er Genie geworden ist... Unter diesem Gesichtspunkte sind die Evangelien eine Urkunde ersten Ranges; noch mehr das Buch Henoch. – Das Christenthum, aus jüdischer Wurzel und nur verständlich als Gewächs dieses Bodens, stellt die Gegenbewegung gegen jede Moral der Züchtung, der Rasse, des Privilegiums dar: – es ist die antiarische Religion par excellence: das Christenthum die Umwerthung aller arischen Werthe, der Sieg der Tschandala-Werthe, das Evangelium den Armen, den Niedrigen gepredigt, der Gesammt-Aufstand alles Niedergetretenen, Elenden, Mißrathenen, Schlechtweggekommenen gegen die „Rasse“, – die unsterbliche Tschandala-Rache als Religion der Liebe ...

5.

Die Moral der Züchtung und die Moral der Zähmung sind in den Mitteln, sich durchzusetzen, vollkommen einander würdig: wir dürfen als obersten Satz hinstellen, daß, um Moral zu machen, man den unbedingten Willen zum Gegentheil haben muß. Dies ist das große, das unheimliche Problem, dem ich am längsten nachgegangen bin: die Psychologie der „Verbesserer“ der Menschheit. Eine kleine und im Grunde bescheidne Thatsache, die der sogenannten pia fraus, gab mir den ersten Zugang zu diesem Problem: die pia fraus, das Erbgut aller Philosophen und Priester, die die Menschheit „verbesserten“. Weder Manu, noch Plato, noch Confucius, noch die jüdischen und christlichen Lehrer haben je an ihrem Recht zur Lüge gezweifelt. Sie haben an ganz andren Rechten nicht gezweifelt… In Formel ausgedrückt dürfte man sagen: alle Mittel, wodurch bisher die Menschheit moralisch gemacht werden sollte, waren von Grund aus unmoralisch. –

Was den Deutschen abgeht

1.

Unter Deutschen ist es heute nicht genug, Geist zu haben: man muß ihn noch sich nehmen, sich Geist herausnehmen…

Vielleicht kenne ich die Deutschen, vielleicht darf ich selbst ihnen ein paar Wahrheiten sagen. Das neue Deutschland stellt ein großes Quantum vererbter und angeschulter Tüchtigkeit dar, sodaß es den aufgehäuften Schatz von Kraft eine Zeit lang selbst verschwenderisch ausgeben darf. Es ist nicht eine hohe Cultur, die mit ihm Herr geworden, noch weniger ein delikater Geschmack, eine vornehme „Schönheit“ der Instinkte; aber männlichere Tugenden, als sonst ein Land Europa's aufweisen kann. Viel guter Muth und Achtung vor sich selber, viel Sicherheit im Verkehr, in der Gegenseitigkeit der Pflichten, viel Arbeitsamkeit, viel Ausdauer – und eine angeerbte Mäßigung, welche eher des Stachels als des Hemmschuhs bedarf. Ich füge hinzu, daß hier noch gehorcht wird, ohne daß das Gehorchen demüthigt… Und Niemand verachtet seinen Gegner…

Man sieht, es ist mein Wunsch, den Deutschen gerecht zu sein: ich möchte mir darin nicht untreu werden, – ich muß ihnen also auch meinen Einwand machen. Es zahlt sich theuer, zur Macht zu kommen: die Macht *verdummt*... Die Deutschen – man hieß sie einst das Volk der Denker: denken sie heute überhaupt noch? Die Deutschen langweilen sich jetzt am Geiste, die Deutschen mißtrauen jetzt dem Geiste, die Politik verschlingt allen Ernst für wirklich geistige Dinge – „Deutschland, Deutschland über Alles", ich fürchte, das war das Ende der deutschen Philosophie... „Giebt es deutsche Philosophen? giebt es deutsche Dichter? giebt es *gute* deutsche Bücher?" – fragt man mich im Ausland. Ich erröthe; aber mit der Tapferkeit, die mir auch in verzweifelten Fällen zu eigen ist, antworte ich: "*Ja, Bismarck!*" – Dürfte ich auch nur eingestehn, welche Bücher man heute liest?... Vermaledeiter Instinkt der Mittelmäßigkeit! –

2.

– Was der deutsche Geist sein *könnte*, wer hätte nicht schon darüber seine schwermüthigen Gedanken gehabt! Aber dies Volk hat sich willkürlich verdummt, seit einem Jahrtausend beinahe: nirgendswo sind die zwei großen europäischen Narcotica, Alkohol und Christenthum, lasterhafter gemißbraucht worden. Neuerdings kam sogar noch ein drittes hinzu, mit dem allein schon aller feinen und kühnen Beweglichkeit des Geistes der Garaus gemacht werden kann, die Musik, unsre verstopfte, verstopfende deutsche Musik. – Wie viel verdrießliche Schwere, Lahmheit, Feuchtigkeit, Schlafrock, wie viel *Bier* ist in der deutschen Intelligenz! Wie ist es eigentlich möglich, daß junge Männer, die den geistigsten Zielen ihr Dasein weihn, nicht den ersten Instinkt der Geistigkeit, *den Selbsterhaltungs-Instinkt des Geistes* in sich fühlen – und Bier trinken?... Der Alkoholismus der gelehrten Jugend ist vielleicht noch kein Fragezeichen in Absicht ihrer Gelehrsamkeit –

man kann ohne Geist sogar ein großer Gelehrter sein –, aber in jedem andern Betracht bleibt er ein Problem. – Wo fände man sie nicht, die sanfte Entartung, die das Bier im Geiste hervorbringt! Ich habe einmal in einem beinahe berühmt gewordnen Fall den Finger auf eine solche Entartung gelegt – die Entartung unsres ersten deutschen Freigeistes, des klugen David Strauß, zum Verfasser eines Bierbank-Evangeliums und „neuen Glaubens“ ... Nicht umsonst hatte er der „holden Braunen“ sein Gelöbniß in Versen gemacht – Treue bis zum Tod ...

3.

– Ich sprach vom deutschen Geiste: daß er gröber wird, daß er sich verflacht. Ist das genug? – Im Grunde ist es etwas ganz Anderes, das mich erschreckt: wie es immer mehr mit dem deutschen Ernste, der deutschen Tiefe, der deutschen Leidenschaft in geistigen Dingen abwärts geht. Das Pathos hat sich verändert, nicht bloß die Intellektualität. – Ich berühre hier und da deutsche Universitäten: was für eine Luft herrscht unter deren Gelehrten, welche öde, welche genügsam und lau gewordne Geistigkeit! Es wäre ein tiefes Mißverständniß, wenn man mir hier die deutsche Wissenschaft einwenden wollte – und außerdem ein Beweis dafür, daß man nicht ein Wort von mir gelesen hat. Ich bin seit siebzehn Jahren nicht müde geworden, den entgeistigenden Einfluß unsres jetzigen Wissenschafts-Betriebs an's Licht zu stellen. Das harte Helotenthum, zu dem der ungeheure Umfang der Wissenschaften heute jeden Einzelnen verurtheilt, ist ein Hauptgrund dafür, daß voller, reicher, tiefer angelegte Naturen keine ihnen gemäße Erziehung und Erzieher mehr vorfinden. Unsre Cultur leidet an Nichts mehr, als an dem Überfluß anmaaßlicher Eckensteher und Bruchstück-Humanitäten; unsre Universitäten sind, wider Willen, die eigentlichen Treibhäuser für diese Art Instinkt-Verkümmerung des Geistes. Und ganz Europa hat bereits einen Begriff davon – die große Politik täuscht Niemanden ... Deutschland gilt immer mehr als Europa's *Flachland*. – Ich *suche* noch nach einem Deutschen, mit dem ich auf meine Weise ernst sein könnte, – um wie viel mehr nach einem, mit dem ich heiter sein dürfte! – *Götzen-Dämmerung*: ah wer begriffe es heute, *von was für einem Ernste* sich hier ein Philosoph erholt! – Die Heiterkeit ist an uns das Unverständlichste ...

4.

Man mache einen Überschlag: es liegt nicht nur auf der Hand, daß die deutsche Cultur niedergeht, es fehlt auch nicht am zureichenden Grund dafür. Niemand kann zuletzt mehr ausgeben, als er hat: – das gilt von Einzelnen, das gilt von Völlern. Giebt man sich für Macht, für große Politik, für Wirtschaft, Weltverkehr, Parlamentarismus, Militär-Interessen aus, – giebt man das Quantum Verstand, Ernst, Wille, Selbstüberwindung, das man ist, nach *dieser* Seite weg, so fehlt es auf der andern Seite. Die Cultur und der Staat – man betrüge sich hierüber nicht – sind Antagonisten: „Cultur-Staat" ist bloß eine moderne Idee. Das Eine lebt vom Andern, das Eine gedeiht auf Unkosten des Andern. Alle großen Zeiten der Cultur sind politische Niedergangs-Zeiten: was groß ist im Sinn der Cultur, war unpolitisch, selbst *antipolitisch* ... Goethen gieng das Herz auf bei dem Phänomen Napoleon, – es gieng ihm *zu* bei den „Freiheits-Kriegen" ... In demselben Augenblick, wo Deutschland als Großmacht heraufkommt, gewinnt Frankreich als *Culturmacht* eine veränderte Wichtigkeit. Schon heute ist viel neuer Ernst, viel neue *Leidenschaft* des Geistes nach Paris übergesiedelt; die Frage des Pessimismus zum Beispiel, die Frage

Wagner, fast alle psychologischen und artistischen Fragen werden dort unvergleichlich feiner und gründlicher erwogen als in Deutschland, – die Deutschen sind selbst *unfähig* zu dieser Art Ernst. – In der Geschichte der europäischen Cultur bedeutet die Heraufkunft des „Reichs“ vor allem Eins: eine *Verlegung des Schwergewichts*. Man weiß es überall bereits: in der Hauptsache – und das bleibt die Cultur – kommen die Deutschen nicht mehr in Betracht. Man fragt: habt ihr auch nur Einen für Europa *mitzählenden* Geist aufzuweisen? wie euer Goethe, euer Hegel, euer Heinrich Heine, euer Schopenhauer mitzählte? – Daß es nicht einen einzigen deutschen Philosophen mehr giebt, darüber ist des Erstaunens kein Ende. –

5.

Dem ganzen höheren Erziehungswesen in Deutschland ist die Hauptsache abhanden gekommen: *Zweck* sowohl, als *Mittel* zum Zweck. Daß Erziehung, *Bildung* selbst Zweck ist – und *nicht* “das Reich“ –, daß es zu diesem Zweck der *Erzieher* bedarf – und *nicht* der Gymnasiallehrer und Universitäts-Gelehrten – man vergaß das ... Erzieher thun noth, *die selbst erzogen* sind, überlegne, vornehme Geister, in jedem Augenblick bewiesen, durch Wort und Schweigen bewiesen, reife, *süß* gewordene Culturen, – *nicht* die gelehrten Rüpel, welche Gymnasium und Universität der Jugend heute als „höhere Ammen“ entgegenbringt. Die Erzieher *fehlen*, die Ausnahmen der Ausnahmen abgerechnet, die *erste* Vorbedingung der Erziehung: *daher* der Niedergang der deutschen Cultur. – Eine jener allerseltensten Ausnahmen ist mein verehrungswürdiger Freund Jacob Burckhardt in Basel: ihm zuerst verdankt Basel seinen Vorrang von Humanität. – Was die „höheren Schulen“ Deutschlands thatsächlich erreichen, das ist eine brutale Abrichtung, um, mit möglichst geringem Zeitverlust, eine Unzahl junger Männer für den Staatsdienst nutzbar, ausnutzbar zu machen. „Höhere Erziehung“ und Unzahl – das widerspricht sich von vornherein. Jede höhere Erziehung gehört nur der Ausnahme: man muß privilegirt sein, um ein Recht auf ein so hohes Privilegium zu haben. Alle großen, alle schönen Dinge können nie Gemeingut sein: pulchrum est paucorum hominum. – Was bedingt den Niedergang der deutschen Cultur? Daß „höhere Erziehung“ kein Vorrecht mehr ist – der Demokratismus der „allgemeinen“, der gemein gewordnen „Bildung“ ... Nicht zu vergessen, daß militärische Privilegien den Zu-Viel-Besuch der höheren Schulen, das heißt ihren Untergang, förmlich erzwingen. – Es steht Niemandem mehr frei, im jetzigen Deutschland seinen Kindern eine vornehme Erziehung zu geben: unsre „höheren“ Schulen sind allesammt auf die zweideutigste Mittelmäßigkeit eingerichtet, mit Lehrern, mit Lehrplänen, mit Lehrzielen. Und überall herrscht eine unanständige Hast, wie als ob Etwas versäumt wäre, wenn der junge Mann mit 23 Jahren noch nicht „fertig“ ist, noch nicht Antwort weiß auf die „Hauptfrage“: welchen Beruf? – Eine höhere Art Mensch, mit Verlaub gesagt, liebt nicht „Berufe “, genau deshalb, weil sie sich berufen weiß ... Sie hat Zeit, sie nimmt sich Zeit, sie denkt gar nicht daran, „fertig“ zu werden, – mit dreißig Jahren ist man, im Sinne hoher Cultur, ein Anfänger, ein Kind. – Unsre überfüllten Gymnasien, unsre überhäuften, stupid gemachten Gymnasiallehrer sind ein Skandal: um diese Zustände in Schutz zu nehmen, wie es jüngst die Professoren von Heidelberg gethan haben, dazu hat man vielleicht Ursachen, – Gründe dafür giebt es nicht.

6.

– Ich stelle, um nicht aus meiner Art zu fallen, die jasagend ist und mit Widerspruch und Kritik nur mittelbar, nur unfreiwillig zu thun hat, sofort die drei Aufgaben hin, derentwegen man Erzieher braucht. Man hat sehen zu lernen, man hat denken zu lernen, man hat sprechen und schreiben zu lernen: das Ziel in allen Dreien ist eine vornehme Cultur. – Sehen lernen – dem Auge die Ruhe, die Geduld, das An-sich-herankommen-lassen angewöhnen; das Urtheil hinausschieben, den Einzelfall von allen Seiten umgehn und umfassen lernen. Das ist die erste Vorschulung zur Geistigkeit: auf einen Reiz nicht sofort reagiren, sondern die hemmenden, die abschließenden Instinkte in die Hand bekommen. Sehen lernen, so wie ich es verstehe, ist beinahe Das, was die unphilosophische Sprechweise den starken Willen nennt: das Wesentliche daran ist gerade, nicht "wollen", die Entscheidung aussetzen können. Alle Ungeistigkeit, alle Gemeinheit beruht auf dem Unvermögen, einem Reize Widerstand zu leisten: – man muß reagiren, man folgt jedem Impulse. In vielen Fällen ist ein solches Müssen bereits Krankhaftigkeit, Niedergang, Symptom der Erschöpfung, – fast Alles, was die unphilosophische Roheit mit dem Namen „Laster“ bezeichnet, ist bloß jenes physiologische Unvermögen, nicht zu reagiren. – Eine Nutzanwendung vom Sehen-gelernt-haben: man wird als Lernender überhaupt langsam, mißtrauisch, widerstrebend geworden sein. Man wird Fremdes, Neues jeder Art zunächst mit feindseliger Ruhe herankommen lassen, – man wird seine Hand davor zurückziehn. Das Offenstehn mit allen Thüren, das unterthänige Auf-dem-Bauch-Liegen vor jeder kleinen Thatsache, das allzeit sprungbereite Sich-Hinein-Setzen, Sich-Hinein-Stürzen in Andere und Anderes, kurz die berühmte moderne „Objektivität“ ist schlechter Geschmack, ist unvornehm par excellence. –

7.

Denken lernen: man hat auf unsern Schulen keinen Begriff mehr davon. Selbst auf den Universitäten, sogar unter den eigentlichen Gelehrten der Philosophie beginnt Logik als Theorie, als Praktik, als Handwerk, auszusterben. Man lese deutsche Bücher: nicht mehr die entfernteste Erinnerung daran, daß es zum Denken einer Technik, eines Lehrplans, eines Willens zur Meisterschaft bedarf, – daß Denken gelernt sein will, wie Tanzen gelernt sein will, als eine Art Tanzen ... Wer kennt unter Deutschen jenen feinen Schauder aus Erfahrung noch, den die leichten Füße im Geistigen in alle Muskeln überströmen! – Die steife Tölpelei der geistigen Gebärde, die plumpe Hand beim Fassen – das ist in dem Grade deutsch, daß man es im Auslande mit dem deutschen Wesen überhaupt verwechselt. Der Deutsche hat keine Finger für nuances ... Daß die Deutschen ihre Philosophen auch nur ausgehalten haben, vor Allen jenen verwachsensten Begriffs-Krüppel, den es je gegeben hat, den großen Kant, giebt keinen kleinen Begriff von der deutschen Anmuth. – Man kann nämlich das Tanzen in jeder Form nicht von der vornehmen Erziehung abrechnen, Tanzen-können mit den Füßen, mit den Begriffen, mit den Worten: habe ich noch zu sagen, daß man es auch mit der Feder können muß, – daß man schreiben lernen muß? – Aber an dieser Stelle würde ich deutschen Lesern vollkommen zum Räthsel werden...

Streifzüge eines Unzeitgemäßen

1.

Meine Unmöglichen. – Seneca: oder der Toreador der Tugend. – Rousseau: oder die Rückkehr zur Natur in impuris naturalibus. – Schiller: oder der Moral-Trompeter von Säckingen. – Dante: oder die Hyäne, die in Gräbern dichtet. – Kant: oder cant als intelligibler Charakter. – Victor Hugo: oder der Pharus am Meere des Unsinns. – Liszt: oder die Schule der Geläufigkeit – nach Weibern. – George Sand: oder lactea ubertas, auf deutsch: die Milchkuh mit „schönem Stil". – Michelet: oder die Begeisterung, die den Rock auszieht. – Carlyle: oder Pessimismus als zurückgetretenes Mittagessen. – John Stuart Mill: oder die beleidigende Klarheit. – Les frères de Goncourt: oder die beiden Ajaxe im Kampf mit Homer. Musik von Offenbach. – Zola: oder „die Freude zu stinken." –

2.

Renan. – Theologie, oder die Verderbniß der Vernunft durch die „Erbsünde" (das Christenthum). Zeugniß Renan, der, sobald er einmal ein Ja oder Nein allgemeinerer Art risquirt, mit peinlicher Regelmäßigkeit daneben greift. Er möchte zum Beispiel la science und la noblesse in Eins verknüpfen: aber la science gehört zur Demokratie, das greift sich doch mit Händen. Er wünscht, mit keinem kleinen Ehrgeize, einen Aristokratismus des Geistes darzustellen: aber zugleich liegt er vor dessen Gegenlehre, dem évangile des humbles auf den Knien und nicht nur auf den Knien ... Was hilft alle Freigeisterei, Modernität, Spötterei und

Wendehals-Geschmeidigkeit, wenn man mit seinen Eingeweiden Christ, Katholik und sogar Priester geblieben ist! Renan hat seine Erfindsamkeit, ganz wie ein Jesuit und Beichtvater, in der Verführung: seiner Geistigkeit fehlt das breite Pfaffen-Geschmunzel nicht, – er wird, wie alle Priester, gefährlich erst, wenn er liebt. Niemand kommt ihm darin gleich, auf eine lebensgefährliche Weise anzubeten ... Dieser Geist Renan's, ein Geist, der entnervt, ist ein Verhängnis; mehr für das arme, kranke, willenskranke Frankreich. –

3.

Sainte-Beuve. – Nichts von Mann; voll eines kleinen Ingrimms gegen alle Mannsgeister. Schweift umher, fein, neugierig, gelangweilt, aushorcherisch, – eine Weibsperson im Grunde, mit einer Weibs-Rachsucht und Weibs-Sinnlichkeit. Als Psycholog ein Genie der médisance; unerschöpflich reich an Mitteln dazu; Niemand versteht besser, mit einem Lob Gift zu mischen. Plebejisch in den untersten Instinkten und mit dem Ressentiment Rousseau's verwandt: folglich Romantiker, – denn unter allem romantisme grunzt und giert der Instinkt Rousseau's nach Rache. Revolutionär, aber durch die Furcht leidlich noch im Zaum gehalten. Ohne Freiheit vor Allem, was Stärke hat (öffentliche Meinung, Akademie, Hof, selbst Port-Royal). Erbittert gegen alles Große an Mensch und Ding, gegen Alles, was an sich glaubt. Dichter und Halbweib genug, um das Große noch als Macht zu fühlen; gekrümmt beständig, wie jener berühmte Wurm, weil er sich beständig getreten fühlt. Als Kritiker ohne Maaßstab, Halt und Rückgrat, mit der Zunge des kosmopolitischen libertin für Vielerlei, aber ohne den Muth selbst zum Eingeständniß der libertinage. Als Historiker ohne Philosophie, ohne die Macht des philosophischen Blicks, – deshalb die Aufgabe des Richtens in allen Hauptsachen ablehnend, die „Objektivität“ als Maske vorhaltend. Anders verhält er sich zu allen Dingen, wo ein seiner, vernutzter Geschmack die höchste Instanz ist: da hat er wirklich den Muth zu sich, die Lust an sich, – da ist er Meister. – Nach einigen Seiten eine Vorform Baudelaire's. –

4.

Die imitatio christi gehört zu den Büchern, die ich nicht ohne einen physiologischen Widerstand in den Händen halte: sie haucht einen parfum das Ewig-Weiblichen aus, zu dem man bereits Franzose sein muß – oder Wagnerianer ... Dieser Heilige hat eine Art von der Liebe zu reden, daß sogar die Pariserinnen neugierig werden. – Man sagt mir, daß jener klügste Jesuit, A. Comte, der seine Franzosen auf dem Umweg der Wissenschaft nach Rom führen wollte, sich an diesem Buche inspirirt habe. Ich glaube es: „die Religion des Herzens“ ...

5.

G. Eliot. – Sie sind den christlichen Gott los und glauben nun umso mehr die christliche Moral festhalten zu müssen: das ist eine englische Folgerichtigkeit, wir wollen sie den Moral-Weiblein à la Eliot nicht verübeln. In England muß man sich für jede kleine Emancipation von der Theologie in furchteinflößender Weise als Moral-Fanatiker wieder zu Ehren bringen. Das ist dort die Buße, die man zahlt. – Für uns Andre steht es anders. Wenn man den christlichen Glauben aufgiebt, zieht man sich damit das Recht zur christlichen Moral unter den Füßen weg. Diese versteht sich schlechterdings nicht von selbst: man muß diesen Punkt, den englischen Flachköpfen zum Trotz, immer wieder an's

Licht stellen. Das Christenthum ist ein System, eine zusammengedachte und *ganze* Ansicht der Dinge. Bricht man aus ihm einen Hauptbegriff, den Glauben an Gott, heraus, so zerbricht man damit auch das Ganze: man hat nichts Notwendiges mehr zwischen den Fingern. Das Christenthum setzt voraus, daß der Mensch nicht wisse, nicht wissen *könne*, was für ihn gut, was böse ist: er glaubt an Gott, der allein es weiß. Die christliche Moral ist ein Befehl; ihr Ursprung ist transscendent; sie ist jenseits aller Kritik, alles Rechts auf Kritik; sie hat nur Wahrheit, falls Gott die Wahrheit ist, – sie steht und fällt mit dem Glauben an Gott. – Wenn thatsächlich die Engländer glauben, sie wüßten von sich aus, „intuitiv", was gut und böse ist, wenn sie folglich vermeinen, das Christenthum als Garantie der Moral nicht mehr nöthig zu haben, so ist dies selbst bloß die *Folge* der Herrschaft des christlichen Werthurtheils und ein Ausdruck von der *Stärke* und *Tiefe* dieser Herrschaft: sodaß der Ursprung der englischen Moral vergessen worden ist, sodaß das Sehr-Bedingte ihres Rechts auf Dasein nicht mehr empfunden wird. Für den Engländer ist die Moral noch kein Problem...

6.

George Sand. – Ich las die eisten lettres d'un voyageur: wie Alles, was von Rousseau stammt, falsch, gemacht, Blasebalg, übertrieben. Ich halte diesen bunten Tapeten-Stil nicht aus; ebensowenig als die Pöbel-Ambition nach generösen Gefühlen. Das Schlimmste freilich bleibt die Weibskoketterie mit Männlichkeiten, mit Manieren ungezogner Jungen. – Wie kalt muß sie bei alledem gewesen sein, diese unausstehliche Künstlerin! Sie zog sich auf wie eine Uhr – und schrieb ... Kalt, wie Hugo, wie Balzac, wie alle Romantiker, sobald sie dichteten! Und wie selbstgefällig sie dabei dagelegen haben mag, diese fruchtbare Schreibe-Kuh, die etwas Deutsches im schlimmen Sinne an sich hatte, gleich Rousseau selbst, ihrem Meister, und jedenfalls erst beim Niedergang des französischen Geschmacks möglich war! – Aber Renan verehrt sie...

7.

Moral für Psychologen. – Keine Colportage-Psychologie treiben! Nie beobachten, um zu beobachten! Das giebt eine falsche Optik, ein Schielen, etwas Erzwungenes und Übertreibendes. Erleben als Erleben-wollen – das geräth nicht. Man darf nicht im Erlebniß nach sich hinblicken, jeder Blick wird da zum „bösen Blick". Ein geborner Psycholog hütet sich aus Instinkt, zu sehn. um zu sehn; dasselbe gilt vom gebornen Maler. Er arbeitet nie „nach der Natur", – er überläßt seinem Instinkte, seiner camera obscura, das Durchsieben und Ausdrücken des „Falls", der „Natur", des „Erlebten" ... Das Allgemeine erst kommt ihm zum Bewußtsein, der Schluß, das Ergebniß: er kennt jenes willkürliche Abstrahiren vom einzelnen Falle nicht. – Was wird daraus, wenn man es anders macht? Zum Beispiel nach Art der Pariser romanciers groß und klein Colportage-Psychologie treibt? Das lauert gleichsam der Wirklichkeit auf, das bringt jeden Abend eine Handvoll Curiositäten mit nach Hause ... Aber man sehe nur, was zuletzt herauskommt – ein Haufen von Klecksen, ein Mosaik besten Falls, in jedem Falle etwas Zusammen-Addirtes, Unruhiges, Farbenschreiendes. Das Schlimmste darin erreichen die Goncourts; sie setzen nicht drei Sätze zusammen, die nicht dem Auge, dem Psychologen-Auge einfach weh thun. – Die Natur, künstlerisch abgeschätzt, ist kein Modell. Sie übertreibt, sie verzerrt, sie läßt Lücken. Die Natur ist der Zufall. Das Studium „nach der Natur" scheint mir ein schlechtes Zeichen: es verräth Unterwerfung,

Schwäche, Fatalismus, – dies Im-Staubeliegen vor petits faits ist eines *ganzen* Künstlers unwürdig. Sehen, *was* ist – das gehört einer andern Gattung von Geistern zu, den *antiartistischen*, den Thatsächlichen. Man muß wissen, *wer* man ist...

8.

Zur Psychologie des Künstlers. – Damit es Kunst giebt, damit es irgend ein ästhetisches Thun und Schauen giebt, dazu ist eine physiologische Vorbedingung unumgänglich: der *Rausch*. Der Rausch muß erst die Erregbarkeit der ganzen Maschine gesteigert haben: eher kommt es zu keiner Kunst. Alle noch so verschieden bedingten Arten des Rausches haben dazu die Kraft: vor Allem der Rausch der Geschlechtserregung, diese älteste und ursprünglichste Form des Rausches. Insgleichen der Rausch, der im Gefolge aller großen Begierden, aller starken Affekte kommt; der Rausch des Festes, des Wettkampfs, des Bravourstücks, des Siegs, aller extremen Bewegung; der Rausch der Grausamkeit; der Rausch in der Zerstörung; der Rausch unter gewissen meteorologischen Einflüssen, zum Beispiel der Frühlingsrausch; oder unter dem Einfluß der Narcotica; endlich der Rausch des Willens, der Rausch eines überhäuften und geschwellten Willens. – Das Wesentliche am Rausch ist das Gefühl der Kraftsteigerung und Fülle. Aus diesem Gefühle giebt man an die Dinge ab, man *zwingt* sie von uns zu nehmen, man vergewaltigt sie, – man heißt diesen Vorgang *Idealisiren*. Machen wir uns hier von einem Vorurtheil los: das Idealisiren besteht *nicht*, wie gemeinhin geglaubt wird, in einem Abziehn oder Abrechnen des Kleinen, des Nebensächlichen. Ein ungeheures *Heraustreiben* der Hauptzüge ist vielmehr das Entscheidende, sodaß die andern darüber verschwinden.

9.

Man bereichert in diesem Zustande Alles aus seiner eignen Fülle: was man sieht, was man will, man sieht es geschwellt, gedrängt, stark, überladen mit Kraft. Der Mensch dieses Zustandes verwandelt die Dinge, bis sie seine Macht widerspiegeln, – bis sie Reflexe seiner Vollkommenheit sind. Dies Verwandeln-*müssen* in's Vollkommne ist – Kunst. Alles selbst, was er nicht ist, wird trotzdem ihm zur Lust an sich; in der Kunst genießt sich der Mensch als Vollkommenheit. – Es wäre erlaubt, sich einen gegensätzlichen Zustand auszudenken, ein specifisches Antikünstlerthum des Instinkts, – eine Art zu sein, welche alle Dinge verarmte, verdünnte, schwindsüchtig machte. Und in der That, die Geschichte ist reich an solchen Anti-Artisten, an solchen Ausgehungerten des Lebens: welche mit Notwendigkeit die Dinge noch an sich nehmen, sie auszehren, sie *magerer* machen müssen. Dies ist zum Beispiel der Fall des echten Christen, Pascal's zum Beispiel: ein Christ, der zugleich Künstler wäre, *kommt nicht vor* ... Man sei nicht kindlich und wende mir Raffael ein oder irgend welche homöopathische Christen des neunzehnten Jahrhunderts: Raffael sagte Ja, Raffael *machte* Ja, folglich war Raffael kein Christ ...

10.

Was bedeutet der von mir in die Ästhetik eingeführte Gegensatz-Begriff *apollinisch* und *dionysisch*, beide als Arten des Rausches begriffen? – Der apollinische Rausch hält vor Allem das Auge erregt, sodaß es die Kraft der Vision bekommt. Der Maler, der Plastiker, der Epiker sind Visionäre par excellence. Im dionysischen Zustande ist dagegen das gesammte Affekt-System erregt und gesteigert: sodaß es alle seine Mittel des Ausdrucks mit Einem Male entladet und die Kraft des Darstellens, Nachbildens, Transfigurirens, Verwandelns, alle Art Mimik und Schauspielerei zugleich heraustreibt. Das Wesentliche bleibt die Leichtigkeit der Metamorphose, die Unfähigkeit, *nicht* zu reagiren (– ähnlich wie bei gewissen Hysterischen, die auch auf jeden Wink hin in *jede* Rolle eintreten). Es ist dem dionysischen Menschen unmöglich, irgend eine Suggestion nicht zu verstehn, er übersieht kein Zeichen des Affekts, er hat den höchsten Grad des verstehenden und errathenden Instinkts, wie er den höchsten Grad von Mittheilungs-Kunst besitzt. Er geht in jede Haut, in jeden Affekt ein: er verwandelt sich beständig. – Musik, wie wir sie heute verstehn, ist gleichfalls eine Gesammt-Erregung und -Entladung der Affekte, aber dennoch nur das Überbleibsel von einer viel volleren Ausdrucks-Welt des Affekts, ein bloßes *Residuum* des dionysischen Histrionismus. Man hat, zur Ermöglichung der Musik als Sonderkunst, eine Anzahl Sinne, vor Allem den Muskelsinn still gestellt (relativ wenigstens: denn in einem gewissen Grade redet noch aller Rhythmus zu unsern Muskeln): sodaß der Mensch nicht mehr Alles, was er fühlt, sofort leibhaft nachahmt und darstellt. Trotzdem ist *Das* der eigentlich dionysische Normalzustand, jedenfalls der Urzustand; die Musik ist die langsam erreichte Specifikation desselben auf Unkosten der nächstverwandten Vermögen.

11.

Der Schauspieler, der Mime, der Tänzer, der Musiker, der Lyriker sind in ihren Instinkten grundverwandt und an sich Eins, aber allmählich specialisirt und von einander abgetrennt – bis selbst zum Widerspruch. Der Lyriker blieb am längsten mit dem Musiker geeint; der Schauspieler mit dem Tänzer. – Der Architekt stellt weder einen dionysischen, noch einen apollinischen Zustand dar: hier ist es der große Willensakt, der Wille, der Berge versetzt, der Rausch des großen Willens, der zur Kunst verlangt. Die mächtigsten Menschen haben immer die Architekten inspirirt; der Architekt war stets unter der Suggestion der Macht. Im Bauwerk soll sich der Stolz, der Sieg über die Schwere, der Wille zur Macht versichtbaren; Architektur ist eine Art Macht-Beredsamkeit in Formen, bald überredend, selbst schmeichelnd, bald bloß befehlend. Das höchste Gefühl von Macht und Sicherheit kommt in Dem zum Ausdruck, was großen Stil hat. Die Macht, die keinen Beweis mehr nöthig hat; die es verschmäht, zu gefallen; die schwer antwortet; die keinen Zeugen um sich fühlt; die ohne Bewußtsein davon lebt, daß es Widerspruch gegen sie giebt; die in sich ruht, fatalistisch, ein Gesetz unter Gesetzen: Das redet als großer Stil von sich. –

12.

Ich las das Leben Thomas Carlyle's, diese Farce wider Wissen und Willen, diese heroisch-moralische Interpretation dyspeptischer Zustände. – Carlyle, ein Mann der starten Worte und Attitüden, ein Rhetor aus Noth, den beständig das Verlangen nach einem starken Glauben agacirt und das Gefühl der Unfähigkeit dazu (– darin ein typischer Romantiker!). Das Verlangen nach einem starken Glauben ist nicht der Beweis eines starken Glaubens, vielmehr das Gegentheil. Hat man ihn, so darf man sich den schönen Luxus der Skepsis gestatten: man ist sicher genug, fest genug, gebunden genug dazu. Carlyle betäubt Etwas in sich durch das fortissimo seiner Verehrung für Menschen starken Glaubens und durch seine Wuth gegen die weniger Einfältigen: er bedarf des Lärms. Eine beständige leidenschaftliche Unredlichkeit gegen sich – das ist sein proprium, damit ist und bleibt er interessant. – Freilich, in England wird er gerade wegen seiner Redlichkeit bewundert ... Nun, das ist englisch; und in Anbetracht, daß die Engländer das Volk des vollkommnen cant sind, sogar billig und nicht nur begreiflich. Im Grunde ist Carlyle ein englischer Atheist, der seine Ehre darin sucht, es nicht zu sein.

13.

Emerson. – Viel aufgeklärter, schweifender, vielfacher, raffinirter als Carlyle, vor Allem glücklicher... Ein Solcher, der sich instinktiv bloß von Ambrosia nährt, der das Unverdauliche in den Dingen zurückläßt. Gegen Carlyle gehalten ein Mann des Geschmacks.– Carlyle, der ihn sehr liebte, sagte trotzdem von ihm: „er giebt uns nicht genug zu beißen“: was mit Recht gesagt sein mag, aber nicht zu Ungunsten Emerson's. – Emerson hat jene gütige und geistreiche Heiterkeit, welche allen Ernst entmuthigt; er weiß es schlechterdings nicht, wie alt er schon ist und wie jung er noch sein wird, – er könnte von sich mit einem Wort Lope de Vega's sagen: „ yo me sucedo a mi mismo“. Sein Geist findet immer Gründe, zufrieden und selbst dankbar zu sein; und bisweilen streift er die heitere Transscendenz jenes Biedermanns, der von einem verliebten Stelldichein tamquam re bene gesta zurückkam. „ Ut desint vires, sprach er dankbar, tamen est laudanda voluptas.“ –

14.

Anti-Darwin. – Was den berühmten „Kampf um's Leben“ betrifft, so scheint er mir einstweilen mehr behauptet als bewiesen. Er kommt vor, aber als Ausnahme; der Gesammt-Aspekt des Lebens ist nicht die Nothlage, die Hungerlage, vielmehr der Reichthum, die Üppigkeit, selbst die absurde Verschwendung, – wo gekämpft wird, kämpft man um Macht ... Man soll nicht Malthus mit der Natur verwechseln. – Gesetzt aber, es giebt diesen Kampf – und in der That, er kommt vor –, so läuft er leider umgekehrt aus, als die Schule Darwin's wünscht, als man vielleicht mit ihr wünschen dürfte: nämlich zu Ungunsten der Starken, der Bevorrechtigten, der glücklichen Ausnahmen. Die Gattungen wachsen nicht in der Vollkommenheit: die Schwachen werden immer wieder über die Starken Herr, – das macht, sie sind die große Zahl, sie sind auch klüger ... Darwin hat den Geist vergessen (– das ist englisch!), die Schwachen haben mehr Geist ... Man muß Geist nöthig haben, um Geist zu bekommen, – man verliert ihn, wenn man ihn nicht mehr nöthig hat. Wer die Stärke hat, entschlägt sich des Geistes (– „laß fahren dahin! denkt man heute in Deutschland – das Reich muß uns doch bleiben“ ...). Ich verstehe unter Geist, wie man sieht, die Vorsicht, die Geduld, die List, die Verstellung, die große Selbstbeherrschung und Alles, was mimicry ist (zu letzterem gehört ein großer Theil der sogenannten Tugend).

15.

Psychologen-Casuistik. –Das ist ein Menschenkenner: wozu studirt er eigentlich die Menschen? Er will kleine Vortheile über sie erschnappen, oder auch große, – er ist ein Politikus! ... Jener da ist auch ein Menschenkenner: und ihr sagt, der wolle Nichts damit für sich, das sei ein großer „Unpersönlicher“. Seht schärfer zu! Vielleicht will er sogar noch einen schlimmeren Vortheil: sich den Menschen überlegen fühlen, auf sie herabsehn dürfen, sich nicht mehr mit ihnen verwechseln. Dieser „Unpersönliche“ ist ein

Menschen-Verächter: und jener Erste" ist die humanere Species, was auch der Augenschein sagen mag. Er stellt sich wenigstens gleich, er stellt sich hinein ...

16.

Der psychologische Takt der Deutschen scheint mir durch eine ganze Reihe von Fällen in Frage gestellt, deren Verzeichnis; vorzulegen mich meine Bescheidenheit hindert. In Einem Falle wird es mir nicht an einem großen Anlasse fehlen, meine These zu begründen: ich trage es den Deutschen nach, sich über Kant und seine „Philosophie der Hinterthüren", wie ich sie nenne, vergriffen zu haben, – das war nicht der Typus der intellektuellen Rechtschaffenheit. – Das Andre, was ich nicht hören mag, ist ein berüchtigtes „und": die Deutschen sagen „Goethe und Schiller", – ich fürchte, sie sagen „Schiller und Goethe" ... Kennt man noch nicht diesen Schiller? – Es giebt noch schlimmere „und"; ich habe mit meinen eigenen Ohren, allerdings nur unter Univeisitäts-Professoren, gehört „Schopenhauer und Hartmann" ...

17.

Die geistigsten Menschen, vorausgesetzt, daß sie die muthigsten sind, erleben auch bei weitem die schmerzhaftesten Tragödien: aber eben deshalb ehren sie das Leben, weil es ihnen seine größte Gegnerschaft entgegenstellt.

18.

Zum „intellektuellen Gewissen“. – Nichts scheint mir heute seltner als die echte Heuchelei. Mein Verdacht ist groß, daß diesem Gewächs die sanfte Luft unsrer Cultur nicht zuträglich ist. Die Heuchelei gehört in die Zeitalter des starken Glaubens: wo man selbst nicht bei der Nöthigung, einen andern Glauben zur Schau zu tragen, von dem Glauben losließ, den man hatte. Heute läßt man ihn los; oder, was noch gewöhnlicher, man legt sich noch einen zweiten Glauben zu, – ehrlich bleibt man in jedem Falle. Ohne Zweifel ist heute eine sehr viel größere Anzahl von Überzeugungen möglich als ehemals: möglich, das heißt erlaubt, das heißt unschädlich. Daraus entsteht die Toleranz gegen sich selbst. – Die Toleranz gegen sich selbst gestattet mehrere Überzeugungen: diese selbst leben verträglich beisammen, – sie hüten sich, wie alle Welt heute, sich zu compromittiren. Womit compromittirt man sich heute? Wenn man Konsequenz hat. Wenn man in gerader Linie geht. Wenn man weniger als fünfdeutig ist. Wenn man echt ist... Meine Furcht ist groß, daß der moderne Mensch für einige Laster einfach zu bequem ist: sodaß diese geradezu aussterben. Alles Böse, das vom starken Willen bedingt ist – und vielleicht giebt es nichts Böses ohne Willensstärke – entartet, in unsrer lauen Luft, zur Tugend ... Die wenigen Heuchler, die ich kennen lernte, machten die Heuchelei nach: sie waren, wie heutzutage fast jeder zehnte Mensch, Schauspieler. –

19.

Schön und häßlich. – Nichts ist bedingter, sagen wir beschränkter, als unser Gefühl des Schönen. Wer es losgelöst von der Lust des Menschen am Menschen denken wollte, verlöre sofort

Grund und Boden unter den Füßen. Das „Schöne an sich“ ist bloß ein Wort, nicht einmal ein Begriff. Im Schönen setzt sich der Mensch als Maaß der Vollkommenheit; in ausgesuchten Fällen betet er sich darin an. Eine Gattung kann gar nicht anders als dergestalt zu sich allein Ja sagen. Ihr unterster Instinkt, der der Selbsterhaltung und Selbsterweiterung, strahlt noch in solchen Sublimitäten aus. Der Mensch glaubt die Welt selbst mit Schönheit überhäuft, – er vergißt sich als deren Ursache. Er allein hat sie mit Schönheit beschenkt, ach! nur mit einer sehr menschlich-allzumenschlichen Schönheit ... Im Grunde spiegelt sich der Mensch in den Dingen, er hält Alles für schön, was ihm sein Bild zurückwirft: das Urtheil „schön“ ist seine Gattungs-Eitelkeit ... Dem Skeptiker nämlich darf ein kleiner Argwohn die Frage in's Ohr flüstern: ist wirklich damit die Welt verschönt, daß gerade der Mensch sie für schön nimmt? Er hat sie vermenschlicht das ist Alles. Aber Nichts, gar Nichts verbürgt uns, daß gerade der Mensch das Modell des Schönen abgäbe. Wer weiß, wie er sich in den Augen eines höheren Geschmacksrichters ausnimmt? Vielleicht gewagt? vielleicht selbst erheiternd? vielleicht ein wenig arbiträr? ... „Oh Dionysos, Göttlicher, warum ziehst du mich an den Ohren?“ fragte Ariadne einmal bei einem jener berühmten Zwiegespräche auf Naxos ihren philosophischen Liebhaber. „Ich finde eine Art Humor in deinen Ohren, Ariadne: warum sind sie nicht noch länger?“

20.

Nichts ist schön, nur der Mensch ist schön: auf dieser Naivetät ruht alle Ästhetik, sie ist deren erste Wahrheit. Fügen wir sofort noch deren zweite hinzu: Nichts ist häßlich als der entartende Mensch,– damit ist das Reich des ästhetischen Urtheils umgrenzt. – Physiologisch nachgerechnet, schwächt und betrübt alles Häßliche den Menschen. Es erinnert ihn an Verfall, Gefahr, Ohnmacht; er büßt thatsächlich dabei Kraft ein. Man kann die Wirkung des Häßlichen mit dem Dynamometer messen. Wo der Mensch überhaupt niedergedrückt wird, da wittert er die Nähe von etwas „Häßlichem". Sein Gefühl der Macht, sein Wille zur Macht, sein Muth, sein Stolz – das fällt mit dem Häßlichen, das steigt mit dem Schönen... Im einen wie im andern Falle *machen wir einen Schluß*: die Prämissen dazu sind in ungeheurer Fülle im Instinkte aufgehäuft. Das Häßliche wird verstanden als ein Wink und Symptom der Degenerescenz: was im Entferntesten an Degenerescenz erinnert, das wirkt in uns das Urtheil „häßlich". Jedes Anzeichen von Erschöpfung, von Schwere, von Alter, von Müdigkeit, jede Art Unfreiheit, als Krampf, als Lähmung, vor Allem der Geruch, die Farbe, die Form der Auflösung, der Verwesung, und sei es auch in der letzten Verdünnung zum Symbol – das Alles ruft die gleiche Reaktion hervor, das Werthurtheil „häßlich". Ein Haß springt da hervor: wen haßt da der Mensch? Aber es ist kein Zweifel: den *Niedergang seines Typus*. Er haßt da aus dem tiefsten Instinkte der Gattung heraus; in diesem Haß ist Schauder, Vorsicht, Tiefe, Fernblick, – es ist der tiefste Haß, den es giebt. Um seinetwillen ist die Kunst tief...

21.

Schopenhauer. – Schopenhauer, der letzte Deutsche, der in Betracht kommt (– der ein *europäisches* Ereigniß gleich Goethe, gleich Hegel, gleich Heinrich Heine ist, und *nicht* bloß ein lokales, ein „nationales"), ist für einen Psychologen ein Fall ersten Ranges: nämlich als bösartig genialer Versuch, zu Gunsten einer nihilistischen Gesammt-Abwerthung des Lebens gerade die Gegen-Instanzen, die großen Selbstbejahungen des „Willens zum Leben", die Exuberanz-Formen des Lebens in's Feld zu führen. Er hat, der Reihe nach, die Kunst, den Heroismus, das Genie, die Schönheit, das große Mitgefühl, die Erkenntniß, den Willen zur Wahrheit, die Tragödie als Folgeerscheinungen der „Verneinung" oder der Verneinungs-Bedürftigkeit des „Willens" interpretirt – die größte psychologische Falschmünzerei, die es, das Christentum abgerechnet, in der Geschichte giebt. Genauer zugesehn ist er darin bloß der Erbe der christlichen Interpretation: nur daß er auch das vom Christenthum Abgelehnte, die großen Cultur-Thatsachen der Menschheit noch in einem christlichen, das heißt nihilistischen Sinne gutzuheißen wußte (– nämlich als Wege zur „Erlösung", als Vorformen der „Erlösung", als Stimulantia, des Bedürfnisses nach „Erlösung" …)

22.

Ich nehme einen einzelnen Fall. Schopenhauer spricht von der Schönheit mit einer schwermüthigen Gluth, – warum letzten Grundes? Weil er in ihr eine Brücke sieht, auf der man weiter gelangt, oder Durst bekommt weiter zu gelangen … Sie ist ihm die Erlösung vom „Willen" auf Augenblicke – sie lockt zur Erlösung für immer … Insbesondre preist er sie als Erlöserin vom „Brennpunkte des Willens", von der Geschlechtlichkeit, – in der Schönheit sieht er den Zeugetrieb verneint … Wunderlicher Heiliger! Irgend Jemand widerspricht dir, ich fürchte, es ist die Natur. Wozu giebt es überhaupt Schönheit in Ton, Farbe, Duft, rhythmischer Bewegung in der Natur? was treibt die Schönheit heraus? – Glücklicherweise widerspricht ihm auch ein Philosoph. Keine geringere Autorität als die des göttlichen Pluto (– so nennt ihn Schopenhauer selbst) hält einen andern Satz aufrecht: daß alle

Schönheit zur Zeugung reize, – daß dies gerade das proprium ihrer Wirkung sei, vom Sinnlichsten bis hinauf in's Geistigste...

23.

Plato geht weiter. Er sagt mit einer Unschuld, zu der man Grieche sein muß und nicht „Christ", daß es gar keine platonische Philosophie geben würde, wenn es nicht so schöne Jünglinge in Athen gäbe: deren Anblick sei es erst, was die Seele des Philosophen in einen erotischen Taumel versetze und ihr keine Ruhe lasse, bis sie den Samen aller hohen Dinge in ein so schönes Erdreich hinabgesenkt habe. Auch ein wunderlicher Heiliger! – man traut seinen Ohren nicht, gesetzt selbst, daß man Plato traut. Zum Mindesten erräth man, daß in Athen a n d e r s philosophirt wurde, vor Allem öffentlich. Nichts ist weniger griechisch als die Begriffs-Spinneweberei eines Einsiedlers, amor intellectualis dei nach Art des Spinoza. Philosophie nach Art des Plato wäre eher als ein erotischer Wettbewerb zu definiren, als eine Fortbildung und Verinnerlichung der alten agonalen Gymnastik und deren V o r a u s s e t z u n g e n ... Was wuchs zuletzt aus dieser philosophischen Erotik Plato's heraus? Eine neue Kunstform des griechischen Agon, die Dialektik. – Ich erinnere noch, gegen Schopenhauer und zu Ehren Plato's, daran, daß auch die ganze höhere Cultur und Litteratur des c l a s s i s c h e n Frankreichs auf dem Boden des geschlechtlichen Interesses aufgewachsen ist. Man darf überall bei ihr die Galanterie, die Sinne, den Geschlechts-Wettbewerb, „das Weib" suchen, – man wird nie umsonst suchen...

24.

L'art pour l'art. – Der Kampf gegen den Zweck in der Kunst ist immer der Kampf gegen die moralisirende Tendenz in der Kunst, gegen ihre Unterordnung unter die Moral. L'art pour l'art. heißt: „der Teufel hole die Moral!“ – Aber selbst noch diese Feindschaft verräth die Übergewalt des Vorurtheils. Wenn man den Zweck des Moralpredigens und Menschen–Verbesserns von der Kunst ausgeschlossen hat, so folgt daraus noch lange nicht, daß die Kunst überhaupt zwecklos, ziellos, sinnlos, kurz l'art pour l'art. – ein Wurm, der sich in den Schwanz beißt – ist. „Lieber gar keinen Zweck als einen moralischen Zweck!“ – so redet die bloße Leidenschaft. Ein Psycholog fragt dagegen: was thut alle Kunst? lobt sie nicht? verherrlicht sie nicht? wählt sie nicht aus? zieht sie nicht hervor? Mit dem Allem stärkt oder schwächt sie gewisse Wertschätzungen... Ist dies nur ein Nebenbei? ein Zufall? Etwas, bei dem der Instinkt des Künstlers gar nicht betheiligt wäre? Oder aber: ist es nicht die Voraussetzung dazu, daß der Künstler kann...? Geht dessen unterster Instinkt auf die Kunst oder nicht vielmehr auf den Sinn der Kunst, das Leben? auf eine Wünschbarkeit von Leben? – Die Kunst ist das große Stimulans zum Leben: wie könnte man sie als zwecklos, als ziellos, als l'art pour l'art verstehn? – Eine Frage bleibt zurück: die Kunst bringt auch vieles Häßliche, Harte, Fragwürdige des Lebens zur Erscheinung, – scheint sie nicht damit vom Leben zu entleiden? – Und in der That, es gab Philosophen, die ihr diesen Sinn liehn: „loskommen vom Willen“ lehrte Schopenhauer als Gesammt-Absicht der Kunst, „zur Resignation stimmen“ verehrte er als die große Nützlichkeit der Tragödie. – Aber dies – ich gab es schon zu verstehn – ist Pessimisten–Optik und „böser Blick“ –: man muß an die Künstler selbst appelliren. Was theilt der tragische Künstler von sich mit? Ist es nicht gerade der Zustand ohne Furcht vor dem

Furchtbaren und Fragwürdigen, das er zeigt? – Dieser Zustand selbst ist eine hohe Wünschbarkeit; wer ihn kennt, ehrt ihn mit den höchsten Ehren, Er theilt ihn mit, er muß ihn mittheilen, vorausgesetzt daß er ein Künstler ist, ein Genie der Mittheilung. Die Tapferkeit und Freiheit des Gefühls vor einem mächtigen Feinde, vor einem erhabnen Ungemach, vor einem Problem, das Grauen erweckt – dieser siegreiche Zustand ist es, den der tragische Künstler auswählt, den er verherrlicht. Vor der Tragödie feiert das Kriegerische in unsrer Seele seine Saturnalien; wer Leid gewohnt ist, wer Leid aufsucht, der heroische Mensch preist mit der Tragödie sein Dasein, – ihm allein kredenzt der Tragiker den Trunk dieser süßesten Grausamkeit. –

25.

Mit Menschen fürlieb nehmen, mit seinem Herzen offen Haus halten, das ist liberal, das ist aber bloß liberal. Man erkennt die Herzen, die der vornehmen Gastfreundschaft fähig sind, an den vielen verhängten Fenstern und geschlossenen Läden: ihre besten Räume halten sie leer. Warum doch? – Weil sie Gäste erwarten, mit denen man nicht "fürlieb nimmt" ...

26.

Wir schätzen uns nicht genug mehr, wenn wir uns mittheilen. Unsre eigentlichen Erlebnisse sind ganz und gar nicht geschwätzig. Sie könnten sich selbst nicht mittheilen, wenn sie wollten. Das macht, es fehlt ihnen das Wort. Wofür wir Worte haben, darüber sind wir auch schon hinaus. In allem Reden liegt ein Gran Verachtung. Die Sprache, scheint es, ist nur für Durchschnittliches, Mittleres, Mittheilsames erfunden. Mit der

Sprache *vulgarisirt* sich bereits der Sprechende. – Aus einer Moral für Taubstumme und andre Philosophen.

27.

„Dies Bildniß ist bezaubernd schön!“ ... Das Litteratur-Weib, unbefriedigt, aufgeregt, öde in Herz und Eingeweide, mit schmerzhafter Neugierde jederzeit auf den Imperativ hinhorchend, der aus den Tiefen seiner Organisation “aut liberi aut libri“ flüstert: das Litteratur-Weib, gebildet genug, die Stimme der Natur zu verstehn, selbst wenn sie Latein redet, und andrerseits eitel und Gans genug, um im Geheimen auch noch französisch mit sich zu sprechen “je me verrai, je me lirai, je m'extasierai et je dirai: Possible, que j'ale eu tant d'esprit?“ ...

28.

Die „Unpersönlichen“ kommen zu Wort. – „Nichts fällt uns leichter, als weise, geduldig, überlegen zu sein. Wir triefen vom Öl der Nachsicht und des Mitgefühls, wir sind auf eine absurde Weise gerecht, wir verzeihen Alles. Eben darum sollten wir uns etwas strenger halten; eben darum sollten wir uns, von Zeit zu Zeit, einen kleinen Affekt, ein kleines Laster von Affekt züchten. Es mag uns sauer angehn; und unter uns lachen wir vielleicht über den Aspekt, den wir damit geben. Aber was hilft es! Wir haben keine andre Art mehr übrig von Selbstüberwindung: dies ist *unsre* Asketik, *unser* Büßerthum“ ... *Persönlich werden* – die Tugend des „Unpersönlichen“ ...

29.

Aus einer Doctor-Promotion. – „Was ist die Aufgabe alles höheren Schulwesens?" – Aus dem Menschen eine Maschine zu machen, – „Was ist das Mittel dazu?" – Er muß lernen, sich langweilen. – „Wie erreicht man das?" – Durch den Begriff der Pflicht. – „Wer ist sein Vorbild dafür?" – Der Philolog: der lehrt ochsen. – „Wer ist der vollkommene Mensch?" – Der Staats-Beamte. – „Welche Philosophie giebt die höchste Formel für den Staats-Beamten?" – Die Kant's: der Staats-Beamte als Ding an sich zum Richter gesetzt über den Staats-Beamten als Erscheinung. –

30.

Das Recht auf Dummheit.– Der ermüdete und langsam athmende Arbeiter, der gutmüthig blickt, der die Dinge gehen läßt, wie sie gehn: diese typische Figur, der man jetzt, im Zeitalter der Arbeit (und des „Reichs"!–) in allen Klassen der Gesellschaft begegnet, nimmt heute gerade die Kunst für sich in Anspruch, eingerechnet das Buch, vor Allem das Journal, – um wie viel mehr die schöne Natur, Italien ... Der Mensch des Abends, mit den „entschlafnen wilden Trieben", von denen Faust redet, bedarf der Sommerfrische, des Seebads, der Gletscher, Bayreuth's ... In solchen Zeitaltern hat die Kunst ein Recht auf reine Thorheit, – als eine Art Ferien für Geist, Witz und Gemüth. Das verstand Wagner. Die reine Thorheit stellt wieder her ...

31.

Noch ein Problem der Diät. – Die Mittel, mit denen Julius Cäsar sich gegen Kränklichkeit und Kopfschmerz vertheidigte:

ungeheure Märsche, einfachste Lebensweise, ununterbrochner Aufenthalt im Freien, beständige Strapazen – das sind, in's Große gerechnet, die Erhaltungs- und Schutz-Maaßregeln überhaupt gegen die extreme Verletzlichkeit jener subtilen und unter höchstem Druck arbeitenden Maschine, welche Genie heißt. –

32.

Der Immoralist redet. – Einem Philosophen geht Nichts mehr wider den Geschmack als der Mensch, sofern er wünscht ... Sieht er den Menschen nur in seinem Thun, sieht er dieses tapferste, listigste, ausdauerndste Thier verirrt selbst in labyrinthische Nothlagen, wie bewunderungswürdig erscheint ihm der Mensch! Er spricht ihm noch zu ... Aber der Philosoph verachtet den wünschenden Menschen, auch den „wünschbaren" Menschen – und überhaupt alle Wünschbarkeiten, alle Ideale des Menschen. Wenn ein Philosoph Nihilist sein könnte, so würde er es sein, weil er das Nichts hinter allen Idealen des Menschen findet. Oder noch nicht einmal das Nichts, – sondern nur das Nichtswürdige, das Absurde, das Kranke, das Feige, das Müde, alle Art Hefen aus dem ausgetrunkenen Becher seines Lebens ... Der Mensch, der als Realist so verehrungswürdig ist, wie kommt es, daß er keine Achtung verdient, sofern er wünscht? Muß er es büßen, so tüchtig als Realität zu sein? Muß er sein Thun, die Kopf- und Willensanspannung in allem Thun, mit einem Gliederstrecken im Imaginären und Absurden ausgleichen? – Die Geschichte seiner Wünschbarkeiten war bisher die partie honteuse des Menschen: man soll sich hüten, zu lange in ihr zu lesen. Was den Menschen rechtfertigt, ist seine Realität, – sie wird ihn ewig rechtfertigen. Um wie viel mehr werth ist der wirkliche Mensch, verglichen mit irgend einem bloß gewünschten, erträumten, erstunkenen und erlogenen

Menschen? mit irgend einem *idealen* Menschen? ... Und nur der ideale Mensch geht dem Philosophen wider den Geschmack.

33.

Naturwerth des Egoismus. – Die Selbstsucht ist so viel werth, als Der physiologisch werth ist, der sie hat: sie kann sehr viel werth sein, sie kann nichtswürdig und verächtlich sein. Jeder Einzelne darf darauf hin angesehn werden, ob er die aufsteigende oder die absteigende Linie des Lebens darstellt. Mit einer Entscheidung darüber hat man auch einen Kanon dafür, was seine Selbstsucht werth ist. Stellt er das Aufsteigen der Linie dar, so ist in der That sein Werth außerordentlich, – und um des Gesammt-Lebens willen, das mit ihm einen Schritt *weiter* thut, darf die Sorge um Erhaltung, um Schaffung seines optimum von Bedingungen selbst extrem sein. Der Einzelne, das „Individuum“, wie Volk und Philosoph das bisher verstand, ist ja ein Irrthum: er ist nichts für sich, kein Atom, kein „Ring der Kette“, nichts bloß Vererbtes von Ehedem, – er ist die ganze Eine Linie Mensch bis zu ihm hin selber noch... Stellt er die absteigende Entwicklung, den Verfall, die chronische Entartung, Erkrankung dar (– Krankheiten sind, in's Große gerechnet, bereits Folgeerscheinungen des Verfalls, *nicht* dessen Ursachen), so kommt ihm wenig Werth zu, und die erste Billigkeit will, daß er den Wohlgerathnen so wenig als möglich *wegnimmt*. Er ist bloß noch deren Parasit...

34.

Christ und Anarchist. – Wenn der Anarchist, als Mundstück *niedergehender* Schichten der Gesellschaft, mit einer schönen Entrüstung „Recht“, „Gerechtigkeit“, „gleiche Rechte“

verlangt, so steht er damit nur unter dem Drucke seiner Uncultur, welche nicht zu begreifen weiß, warum er eigentlich leidet, – woran er arm ist, an Leben... Ein Ursachen-Trieb ist in ihm mächtig: Jemand muß schuld daran sein, daß er sich schlecht befindet... Auch thut ihm die „schöne Entrüstung" selber schon wohl, es ist ein Vergnügen für alle armen Teufel, zu schimpfen, – es giebt einen kleinen Rausch von Macht. Schon die Klage, das Sich-Beklagen kann dem Leben einen Reiz geben, um dessentwillen man es aushält: eine feinere Dosis Rache ist in jeder Klage, man wirft sein Schlechtbefinden, unter Umständen selbst seine Schlechtigkeit Denen, die anders sind, wie ein Unrecht, wie ein unerlaubtes Vorrecht vor. „Bin ich eine Canaille, so solltest du es auch sein": auf diese Logik hin macht man Revolution. – Das Sich-Beklagen taugt in keinem Falle etwas: es stammt aus der Schwäche, Ob man sein Schlecht–Befinden Andern oder sich selber zumißt – Ersteres thut der Socialist, Letzteres zum Beispiel der Christ –, macht keinen eigentlichen Unterschied. Das Gemeinsame, sagen wir auch das Unwürdige daran ist, daß Jemand schuld daran sein soll, daß man leidet – kurz, daß der Leidende sich gegen sein Leiden den Honig der Rache verordnet. Die Objekte dieses Rach-Bedürfnisses als eines Lust-Bedürfnisses sind Gelegenheits-Ursachen: der Leidende findet überall Ursachen, seine kleine Rache zu kühlen, – ist er Christ, nochmals gesagt, so findet er sie in sich ... Der Christ und der Anarchist – Beide sind décadents. – Aber auch wenn der Christ die „Welt" verurtheilt, verleumdet, beschmutzt, so thut er es aus dem gleichen Instinkte, aus dem der socialistische Arbeiter die Gesellschaft verurtheilt, verleumdet, beschmutzt: das „jüngste Gericht" selbst ist noch der süße Trost der Rache – die Revolution, wie sie auch der socialistische Arbeiter erwartet, nur etwas ferner gedacht... Das „Jenseits" selbst – wozu ein Jenseits, wenn es nicht ein Mittel wäre, das Diesseits zu beschmutzen? ...

35.

Kritik der décadence-Moral. – Eine „altruistische" Moral, eine Moral, bei der die Selbstsucht verkümmert –, bleibt unter allen Umständen ein schlechtes Anzeichen. Dies gilt vom Einzelnen, dies gilt namentlich von Völkern. Es fehlt am Besten, wenn es am der Selbstsucht zu fehlen beginnt. Instinktiv das Sich-Schädliche wählen, gelockt-werden durch „uninteressirte" Motive giebt beinahe die Formel ab für décadence. „Nicht seinen Nutzen suchen" – das ist bloß das moralische Feigenblatt für eine ganz andere, nämlich Physiologische Thatsächlichkeit: „ich weiß meinen Nutzen nicht mehr zu finden" ... Disgregation der Instinkte! – Es ist zu Ende mit ihm, wenn der Mensch altruistisch wird. – Statt naiv zu sagen „ich bin nichts mehr werth", sagt die Moral-Lüge im Munde des décadent: „Nichts ist etwas werth, – das Leben ist nichts werth" ... Ein solches Urtheil bleibt zuletzt eine große Gefahr, es wirkt ansteckend, – auf dem ganzen morbiden Boden der Gesellschaft wuchert es bald zu tropischer Begriffs-Vegetation empor, bald als Religion (Christenthum), bald als Philosophie (Schopenhauerei). Unter Umständen vergiftet eine solche aus Fäulniß gewachsene Giftbaum-Vegetation mit ihrem Dunste weithin, auf Jahrtausende hin das Leben ...

36.

Moral für Ärzte. – Der Kranke ist ein Parasit der Gesellschaft. In einem gewissen Zustande ist es unanständig, noch länger zu leben. Das Fortvegetiren in feiger Abhängigkeit von Ärzten und Praktiken, nachdem der Sinn vom Leben, das Recht zum Leben verloren gegangen ist, sollte bei der Gesellschaft eine tiefe

Verachtung nach sich ziehn. Die Ärzte wiederum hätten die Vermittler dieser Verachtung zu sein, – nicht Recepte, sondern jeden Tag eine neue Dosis Ekel vor ihrem Patienten ... Eine neue Verantwortlichkeit schaffen, die des Arztes, für alle Fälle, wo das höchste Interesse des Lebens, des aufsteigenden Lebens, das rücksichtsloseste Nieder– und Beiseite-Drängen des entartenden Lebens verlangt – zum Beispiel für das Recht auf Zeugung, für das Recht, geboren zu werden, für das Recht, zu leben ... Auf eine stolze Art sterben, wenn es nicht mehr möglich ist, auf eine stolze Art zu leben. Der Tod, aus freien Stücken gewählt, der Tod zur rechten Zeit, mit Helle und Freudigkeit, inmitten von Kindern und Zeugen vollzogen: sodaß ein wirkliches Abschiednehmen noch möglich ist, wo Der noch da ist, der sich verabschiedet, insgleichen ein wirkliches Abschätzen des Erreichten und Gewollten, eine Summirung des Lebens – Alles im Gegensatz zu der erbärmlichen und schauderhaften Komödie, die das Christentum mit der Sterbestunde getrieben hat. Man soll es dem Christenthume nie vergessen, daß es die Schwäche des Sterbenden zu Gewissens-Nothzucht, daß es die Art des Todes selbst zu Werth-Urtheilen über Mensch und Vergangenheit gemißbraucht hat! – Hier gilt es, allen Feigheiten des Vorurtheils zum Trotz, vor Allem die richtige, das heißt physiologische Würdigung des sogenannten natürlichen Todes herzustellen: der zuletzt auch nur ein „unnatürlicher“, ein Selbstmord ist. Man geht nie durch jemand Anderes zu Grunde, als durch sich selbst. Nur ist es der Tod unter den verächtlichsten Bedingungen, ein unfreier Tod, ein Tod zur unrechten Zeit, ein Feiglings-Tod. Man sollte, aus Liebe zum Leben –, den Tod anders wollen, frei, bewußt, ohne Zufall, ohne Überfall ... Endlich ein Rath für die Herrn Pessimisten und andre décadents. Wir haben es nicht in der Hand zu verhindern, geboren zu werden: aber wir können diesen Fehler – denn bisweilen ist es ein Fehler – wieder gut machen. Wenn man sich abschafft, thut man die achtungswürdigste Sache, die es giebt: man verdient beinahe damit, zu leben ... Die Gesellschaft, was sage ich! das Leben selber hat mehr Vortheil davon als durch irgend welches „Leben“ in Entsagung, Bleichsucht und andrer Tugend,– man hat die Andern von seinem Anblick befreit, man hat das Leben von einem Einwand befreit ... Der Pessimismus, pur, vert, beweist sich eist durch die Selbst–Widerlegung der Herrn Pessimisten: man muß einen Schritt weiter gehn in seiner Logik, nicht bloß mit „Wille und Vorstellung“, wie Schopenhauer es that, das Leben verneinen –, man muß Schopenhauern zuerst verneinen ... Der Pessimismus, anbei gesagt, so ansteckend er ist, vermehrt trotzdem nicht die Krankhaftigkeit einer Zeit, eines Geschlechts im Ganzen: er ist deren Ausdruck. Man verfällt ihm, wie man der Cholera verfällt: man muß morbid genug dazu schon angelegt sein. Der Pessimismus selbst macht keinen einzigen décadent mehr; ich erinnere an das Ergebniß der Statistik, daß die Jahre, in denen die Cholera wüthet, sich in der Gesammt-Ziffer der Sterbefälle nicht von andern Jahrgängen unterscheiden.

37.

Ob wir moralischer geworden sind.– Gegen meinen Begriff „jenseits von Gut und Böse“ hat sich, wie zu erwarten stand, die ganze Ferocität der moralischen Verdummung, die bekanntlich in Deutschland als die Moral selber gilt –in's Zeug geworfen: ich hatte artige Geschichten davon zu erzählen. Vor Allem gab man mir die „unleugbare Überlegenheit“ unsrer Zeit im sittlichen Urtheil zu überdenken, unfern wirklich hier gemachten Fortschritt: ein Cesare Borgia sei, im Vergleich mit uns, durchaus nicht als ein „höherer Mensch“, als eine Art Übermensch, wie ich es thue, aufzustellen ... Ein Schweizer Redakteur, vom „Bund“, gieng so weit, nicht ohne seine Achtung vor dem Muth zu solchem Wagniß auszudrücken, den Sinn meines Werks dahin zu „verstehn“, daß ich mit demselben die Abschaffung aller anständigen Gefühle beantragte. Sehr verbunden! – Ich erlaube mir, als Antwort, die Frage auszuwerfen, ob wir wirklich moralischer geworden sind. Daß alle Welt das glaubt, ist bereits ein Einwand dagegen ... Wir modernen Menschen, sehr zart, sehr verletzlich und hundert Rücksichten gebend und nehmend, bilden uns in der That ein, diese zärtliche Menschlichkeit, die wir darstellen, diese erreichte Einmüthigkeit in der Schonung, in der Hülfsbereitschaft, im gegenseitigen Vertrauen, sei ein positiver Fortschritt, damit seien wir weit über die Menschen der Renaissance hinaus. Aber so denkt jede Zeit, so muß sie denken. Gewiß ist, daß wir uns nicht in Renaissance-Zustände hineinstellen dürften, nicht einmal hineindenken: unsre Nerven hielten jene Wirklichkeit nicht aus, nicht zu reden von unsern Muskeln. Mit diesem Unvermögen ist aber kein Fortschritt bewiesen, sondern nur eine andre, eine spätere Beschaffenheit, eine schwächere, zärtlichere, verletzlichere, aus der sich nothwendig eine rücksichtenreiche Moral erzeugt. Denken wir unsre Zartheit und Spätheit, unsre physiologische Alterung weg, so verlöre auch unsre Moral der „Vermenschlichung“ sofort ihren Werth – an sich hat keine Moral Werth–: sie würde uns selbst Geringschätzung machen. Zweifeln wir andrerseits nicht daran, daß wir Modernen mit unsrer dick wattirten Humanität, die durchaus an keinen Stein sich stoßen will, den Zeitgenossen Cesare Borgia's eine Komödie zum Todtlachen abgeben wurden. In der That, wir sind über die Maaßen unfreiwillig spaßhaft, mit unsren modernen „Tugenden“ ... Die Abnahme der feindseligen und mißtrauen-weckenden Instinkte – und das wäre ja unser „Fortschritt“ – stellt nur eine der Folgen in der allgemeinen Abnahme der Vitalität dar: es kostet hundertmal mehr Mühe, mehr Vorsicht, ein so bedingtes, so spätes Dasein durchzusetzen. Da hilft man sich gegenseitig, da ist Jeder bis zu einem gewissen Grade Kranker und Jeder Krankenwärter. Das heißt dann „Tugend“–: unter Menschen, die das Leben noch anders kannten, voller, verschwenderischer, überströmender, hatte man's anders genannt, „Feigheit“ vielleicht, „Erbärmlichkeit“, „Altweiber-Moral“ ... Unsre Milderung der Sitten – das ist mein Satz, das ist, wenn man will, meine Neuerung – ist eine Folge des Niedergangs; die Härte und Schrecklichkeit der Sitte kann umgekehrt eine Folge des Überschusses von Leben sein. Dann nämlich darf auch Viel gewagt, Viel herausgefordert, Viel auch vergeudet werden. Was Würze ehedem des Lebens war, für uns wäre es Gift ... Indifferent zu sein – auch das ist eine Form der Stärke – dazu sind wir gleichfalls zu alt, zu spät: unsre Mitgefühls-Moral, vor der ich als der Erste gewarnt habe, Das, was man l'impressionisme morale nennen könnte, ist ein Ausdruck mehr der physiologischen Überreizbarkeit, die Allem, was décadent ist, eignet. Jene Bewegung, die mit der Mitleids-Moral Schopenhauers versucht hat, sich wissenschaftlich vorzuführen – ein sehr unglücklicher Versuch! – ist die eigentliche décadence-Bewegung in der Moral, sie ist als solche tief verwandt mit der christlichen Moral. Die starken Zeiten, die vornehmen Culturen sehen im Mitleiden, in der „Nächstenliebe“, im Mangel an Selbst und Selbstgefühl etwas Verächtliches. – Die Zeiten sind zu messen nach ihren positiven Kräften – und dabei ergiebt sich jene so verschwenderische und verhängnißreiche Zeit der Renaissance als die letzte große Zeit, und wir, wir Modernen mit unsrer ängstlichen Selbst-Fürsorge und Nächstenliebe, mit unsern Tugenden der Arbeit, der Anspruchslosigkeit, der Rechtlichkeit, der Wissenschaftlichkeit – sammelnd, ökonomisch, machinal – als eine schwache Zeit ... Unsre

Tugenden sind bedingt, sind herausgefordert durch unsre Schwäche ... Die „Gleichheit“, eine gewisse thatsächliche Anähnlichung, die sich in der Theorie von „gleichen Rechten“ nur zum Ausdruck bringt, gehört wesentlich zum Niedergang: die Kluft zwischen Mensch und Mensch, Stand und Stand, die Vielheit der Typen, der Wille, selbst zu sein, sich abzuheben – Das, was ich Pathos der Distanz nenne, ist jeder starken Zeit zu eigen. Die Spannkraft, die Spannweite zwischen den Extremen wird heute immer kleiner, – die Extreme selbst verwischen sich endlich bis zur Ähnlichkeit ... Alle unsre politischen Theorien und Staats-Verfassungen, das „deutsche Reich“ durchaus nicht ausgenommen, sind Folgerungen, Folge-Nothwendigkeiten des Niedergangs; die unbewußte Wirkung der décadence ist bis in die Ideale einzelner Wissenschaften hinein Herr geworden. Mein Einwand gegen die ganze Sociologie in England und Frankreich bleibt, daß sie nur die Verfalls-Gebilde der Societät aus Erfahrung kennt und vollkommen unschuldig die eignen Verfalls-Instinkte als Norm des sociologischen Werthurtheils nimmt. Das niedergehende Leben, die Abnahme aller organisirenden, das heißt trennenden, Klüfte aufreißenden, unter- und überordnenden Kraft formulirt sich in der Sociologie von heute zum Ideal ... Unsre Socialisten sind décadents, aber auch Herr Herbert Spencer ist ein décadent, – er sieht im Sieg des Altruismus etwas Wünschenswerthes! ...

38.

Mein Begriff von Freiheit. – Der Werth einer Sache liegt mitunter nicht in Dem, was man mit ihr erreicht, sondern in Dem, was man für sie bezahlt, – was sie uns kostet. Ich gebe ein Beispiel. Die liberalen Institutionen hören alsbald auf, liberal zu sein, sobald sie erreicht sind: es giebt später keine ärgeren und gründlicheren Schädiger der Freiheit, als liberale Institutionen. Man weiß ja, was sie zu Wege bringen: sie unterminiren den Willen zur Macht, sie sind die zur Moral erhobene Nivellirung von Berg und Thal, sie machen klein, feige und genüßlich, – mit ihnen triumphirt jedesmal das Heerdenthier. Liberalismus: auf deutsch Heerden-Verthierung... Dieselben Institutionen bringen, so lange sie noch erkämpft werden, ganz andre Wirkungen hervor; sie fördern dann in der That die Freiheit auf eine mächtige Weise. Genauer zugesehn, ist es der Krieg, der diese Wirkungen hervorbringt, der Krieg um liberale Institutionen, der als Krieg die illiberalen Instinkte dauern läßt. Und der Krieg erzieht zur Freiheit. Denn was ist Freiheit? Daß man den Willen zur Selbstverantwortlichkeit hat. Daß man die Distanz, die uns abtrennt, festhält. Daß man gegen Mühsal, Härte, Entbehrung, selbst gegen das Leben gleichgültiger wird. Daß man bereit ist, seiner Sache Menschen zu opfern, sich selber nicht abgerechnet. Freiheit bedeutet, daß die männlichen, die kriegs- und siegsfrohen Instinkte die Herrschaft haben über andre Instinkte, zum Beispiel über die des „Glücks". Der freigewordne Mensch, um wie viel mehr der freigewordne Geist, tritt mit Füßen auf die verächtliche Art von Wohlbefinden, von dem Krämer, Christen, Kühe, Weiber, Engländer und andre Demokraten träumen. Der freie Mensch ist Krieger. – Wonach mißt sich die Freiheit, bei Einzelnen wie bei Völkern? Nach dem Widerstand, der überwunden werden muß, nach der Mühe, die es kostet, oben zu bleiben. Den höchsten Typus freier Menschen hätte man dort zu suchen, wo beständig der höchste Widerstand überwunden wird: fünf Schritte weit von der Tyrannei, dicht an der Schwelle der Gefahr der Knechtschaft. Dies ist psychologisch wahr, wenn man hier unter den „Tyrannen" unerbittliche und furchtbare Instinkte begreift, die das Maximum von Autorität und Zucht gegen sich herausfordern –

schönster Typus Julius Cäsar –; dies ist auch politisch wahr, man mache nur seinen Gang durch die Geschichte. Die Völker, die Etwas werth waren, werth *wurden*, wurden dies nie unter liberalen Institutionen: die *große Gefahr* machte Etwas aus ihnen, das Ehrfurcht verdient, die Gefahr, die uns unsre Hülfsmittel, unsre Tugenden, unsre Wehr und Waffen, unsern *Geist* erst kennen lehrt, – die uns *zwingt*, stark zu sein... *Erster* Grundsatz: man muß es nöthig haben, stark zu sein: sonst wird man's nie. – Jene großen Treibhäuser für starke, für die stärkste Art Mensch, die es bisher gegeben hat, die aristokratischen Gemeinwesen in der Art von Rom und Venedig, verstanden Freiheit genau in dem Sinne, wie ich das Wort Freiheit verstehe: als Etwas, das man hat und *nicht* hat, das man *will*, das man *erobert*...

39.

Kritik der Modernität. – Unsre Institutionen taugen nichts mehr: darüber ist man einmüthig. Aber das liegt nicht an ihnen, sondern an *uns*. Nachdem uns alle Instinkte abhanden gekommen sind, aus denen Institutionen wachsen, kommen uns Institutionen überhaupt abhanden, weil wir nicht mehr zu ihnen taugen. Demokratismus war jederzeit die Niedergangs-Form der organisirenden Kraft: ich habe schon in „Menschliches, Allzumenschliches" I,349 die moderne Demokratie sammt ihren Halbheiten, wie „deutsches Reich", als *Verfallsform des Staats* gekennzeichnet. Damit es Institutionen giebt, muß es eine Art Wille, Instinkt, Imperativ geben, antiliberal bis zur Bosheit: den Willen zur Tradition, zur Autorität, zur Verantwortlichkeit auf Jahrhunderte hinaus, zur *Solidarität* von Geschlechter-Ketten vorwärts und rückwärts in infinitum. Ist dieser Wille da, so gründet sich Etwas wie das imperium Romanum: oder wie Rußland, die *einzige* Macht, die heute Dauer im Leibe hat, die warten kann, die Etwas noch versprechen kann, – Rußland der Gegensatz-Begriff zu der erbärmlichen europäischen Kleinstaaterei und Nervosität, die mit der Gründung des deutschen Reichs in einen kritischen Zustand eingetreten ist … Der ganze Westen hat jene Instinkte nicht mehr, aus denen Institutionen wachsen, aus denen *Zukunft* wächst: seinem „modernen Geiste" geht vielleicht Nichts so sehr wider den Strich. Man lebt für heute, man lebt sehr geschwind, – man lebt sehr unverantwortlich: dies gerade nennt man „Freiheit". Was aus Institutionen Institutionen *macht*, wird verachtet, gehaßt, abgelehnt: man glaubt sich in der Gefahr einer neuen Sklaverei, wo das Wort „Autorität" auch nur laut wird. So weit geht die décadence im Werth-Instinkte unsrer Politiker, unsrer politischen Parteien: *sie ziehn instinktiv vor*, was auflöst, was das Ende beschleunigt … Zeugniß die *moderne Ehe*. Aus der modernen Ehe ist ersichtlich alle Vernunft abhanden gekommen: das giebt aber keinen Einwand gegen die Ehe ab, sondern gegen die Modernität. Die Vernunft der Ehe – sie lag in der juristischen Alleinverantwortlichkeit des Mannes: damit hatte die Ehe Schwergewicht, während sie heute auf beiden Beinen hinkt. Die Vernunft der Ehe – sie lag in ihrer principiellen Unlösbarkeit: damit bekam sie einen Accent, der, dem Zufall von Gefühl, Leidenschaft und Augenblick gegenüber, *sich Gehör zu schaffen* wußte. Sie lag insgleichen in der Verantwortlichkeit der Familien für die Auswahl der Gatten. Man hat mit der wachsenden Indulgenz zu Gunsten der *Liebes*-Heirath geradezu die Grundlage der Ehe, Das, was erst aus ihr eine Institution *macht*, eliminirt. Man gründet eine Institution nie und nimmermehr auf eine Idiosynkrasie, man gründet die Ehe *nicht*, wie gesagt, auf die „Liebe", – man gründet sie auf den Geschlechtstrieb, auf den Eigenthumstrieb (Weib und Kind als Eigenthum), auf den *Herrschafts-Trieb*, der sich beständig das kleinste Gebilde der Herrschaft, die Familie, organisirt, der Kinder und Erben *braucht*, um ein erreichtes Maaß von Macht, Einfluß, Reichthum auch physiologisch festzuhalten, um lange Aufgaben, um Instinkt-Solidarität zwischen Jahrhunderten vorzubereiten. Die Ehe als Institution begreift bereits die Bejahung der größten, der dauerhaftesten Organisationsform in sich: wenn die Gesellschaft selbst nicht als Ganzes für sich *gutsagen* kann bis in die fernsten Geschlechter hinaus, so hat die Ehe überhaupt keinen Sinn. – Die moderne Ehe *verlor* ihren Sinn, – folglich schafft man sie ab. –

40.

Die *Arbeiter-Frage*. – Die Dummheit, im Grunde die Instinkt-Entartung, welche heute die Ursache *aller* Dummheiten ist, liegt darin, daß es eine Arbeiter-Frage giebt. Über gewisse Dinge *fragt man nicht*: erster Imperativ des Instinkts, – Ich sehe durchaus nicht ab, was man mit dem europäischen Arbeiter machen will, nachdem man erst eine Frage aus ihm gemacht hat. Er befindet sich viel zu gut, um nicht Schritt für Schritt mehr zu fragen, unbescheidner zu fragen. Er hat zuletzt die große Zahl für sich. Die Hoffnung ist vollkommen vorüber, daß hier sich eine bescheidene und selbstgenügsame Art Mensch, ein Typus Chinese zum Stande herausbilde: und dies hätte Vernunft gehabt, dies wäre geradezu eine Notwendigkeit gewesen. Was hat man gethan? – Alles, um auch die Voraussetzung dazu im Keime zu vernichten, – man hat die Instinkte, vermöge deren ein Arbeiter als Stand möglich, sich *selber* möglich wird, durch die unverantwortlichste Gedankenlosigkeit in Grund und Boden zerstört. Man hat den Arbeiter militärtüchtig gemacht, man hat ihm das Coalitions-Recht, das politische Stimmrecht gegeben: was Wunder, wenn der Arbeiter seine Existenz heute bereits als Nothstand (moralisch ausgedrückt als Unrecht –) empfindet? Aber was will man? nochmals gefragt. Will man einen Zweck, muß man auch die Mittel wollen: will man Sklaven, so ist man ein Narr, wenn man sie zu Herrn erzieht. –

41.

„Freiheit, die ich nicht meine ...“ – In solchen Zeiten, wie heute, seinen Instinkten überlassen sein ist ein Verhängniß mehr. Diese Instinkte widersprechen, stören sich, zerstören sich unter einander; ich definirte das Moderne bereits als den physiologischen Selbst-Widerspruch. Die Vernunft der Erziehung würde wollen, daß unter einem eisernen Drucke wenigstens Eins dieser Instinkt-Systeme paralysirt würde, um einem andern zu erlauben, zu Kräften zu kommen, stark zu werden, Herr zu werden. Heute müßte man das Individuum erst möglich machen, indem man dasselbe beschneidet: möglich, das heißt ganz ... Das Umgekehrte geschieht: der Anspruch auf Unabhängigkeit, auf freie Entwicklung, auf laisser aller wird gerade von Denen am hitzigsten gemacht, für die kein Zügel zu streng wäre – dies gilt in politicis, dies gilt in der Kunst. Aber das ist ein Symptom der décadence : unser moderner Begriff „Freiheit“ ist ein Beweis von Instinkt-Entartung mehr. –

42.

Wo Glaube noth thut. – Nichts ist seltner unter Moralisten und Heiligen als Rechtschaffenheit; vielleicht sagen sie das Gegentheil, vielleicht glauben sie es selbst. Wenn nämlich ein Glaube nützlicher, wirkungsvoller, überzeugender ist, als die bewußte Heuchelei, so wird, aus Instinkt, die Heuchelei alsbald zur Unschuld: erster Satz zum Verständniß großer Heiliger. Auch bei den Philosophen, einer andern Art von Heiligen, bringt es das ganze Handwerk mit sich, daß sie nur gewisse Wahrheiten zulassen: nämlich solche, auf die hin ihr Handwerk die öffentliche Sanktion hat, – Kantisch geredet, Wahrheiten der praktischen Vernunft. Sie wissen, was sie beweisen müssen, darin sind sie praktisch, – sie erkennen sich unter einander daran, daß sie über „die Wahrheiten“ übereinstimmen. – „Du sollst nicht lügen“ – auf deutsch: hüten Sie sich, mein Herr Philosoph, die Wahrheit zu sagen ...

43.

Den Conservativen in's Ohr gesagt. – Was man früher nicht wußte, was man heute weiß, wissen könnte –, eine Rückbildung, eine Umkehr in irgend welchem Sinn und Grade ist gar nicht möglich. Wir Physiologen wenigstens wissen das. Aber alle Priester und Moralisten haben daran geglaubt, – sie wollten die Menschheit auf ein früheres Maaß von Tugend zurückbringen, zurück schrauben. Moral war immer ein Prokrustesbett. Selbst die Politiker haben es darin den Tugendpredigern nachgemacht: es giebt auch heute noch Parteien, die als Ziel den Krebsgang aller Dinge träumen. Aber es steht Niemandem frei, Krebs zu sein. Es hilft nichts: man muß vorwärts, will sagen Schritt für Schritt weiter in der décadence (– dies meine Definition des modernen „Fortschritts“...). Man kann diese Entwicklung hemmen und, durch Hemmung, die Entartung selber stauen, aufsammeln, vehementer und plötzlicher machen: mehr kann man nicht. –

44.

Mein Begriff vom Genie. – Große Männer sind wie große Zeiten Explosiv-Stoffe, in denen eine ungeheure Kraft aufgehäuft ist; ihre Voraussetzung ist immer, historisch und physiologisch, daß lange auf sie hin gesammelt, gehäuft, gespart und bewahrt worden ist, – daß lange keine Explosion stattfand. Ist die Spannung in der Masse zu groß geworden, so genügt der zufälligste Reiz, das „Genie“, die „That“, das große Schicksal in die Welt zu rufen. Was liegt dann an Umgebung, an Zeitalter, an „Zeitgeist“, an „öffentlicher Meinung“! – Man nehme den Fall Napoleon's. Das Frankreich der Revolution, und noch mehr das der Vor-Revolution, würde aus sich den entgegengesetzten Typus, als der Napoleon's ist, hervorgebracht haben: es hat ihn auch hervorgebracht. Und weil Napoleon anders war, Erbe einer stärkeren, längeren, älteren Civilisation als die, welche in Frankreich in Dampf und Stücke gieng, wurde er hier Herr, war er allein hier Herr. Die großen Menschen sind nothwendig, die Zeit, in der sie erscheinen, ist zufällig; daß sie fast immer über dieselbe Herr werden, liegt nur darin, daß sie stärker, daß sie älter sind, daß länger auf sie hin gesammelt worden ist. Zwischen einem Genie und seiner Zeit besteht ein Verhältniß, wie zwischen stark und schwach, auch wie zwischen alt und jung: die Zeit ist relativ immer viel jünger, dünner, unmündiger, unsicherer, kindischer. – Daß man hierüber in Frankreich heute sehr anders denkt (in Deutschland auch: aber daran liegt nichts), daß dort die Theorie vom Milieu, eine wahre Neurotiker-Theorie, sakrosankt und beinahe wissenschaftlich geworden ist und bis unter die Physiologen Glauben findet, das „riecht nicht gut“, das macht Einem traurige Gedanken. – Man versteht es auch in England nicht anders, doch darüber wird sich kein Mensch betrüben. Dem Engländer stehen nur zwei Wege offen, sich mit dem Genie und „großen Manne“ abzufinden: entweder demokratisch in der Art

Buckle's oder religiös in der Art Carlyle's. – Die Gefahr, die in großen Menschen und Zeiten liegt, ist außerordentlich; die Erschöpfung jeder Art, die Sterilität folgt ihnen auf dem Fuße. Der große Mensch ist ein Ende; die große Zeit, die Renaissance zum Beispiel, ist ein Ende. Das Genie – in Wert, in That – ist notwendig ein Verschwender: daß es sich ausgiebt, ist seine Größe ... Der Instinkt der Selbsterhaltung ist gleichsam ausgehängt; der übergewaltige Druck der ausströmenden Kräfte verbietet ihm jede solche Obhut und Vorsicht. Man nennt das „Aufopferung"; man rühmt seinen „Heroismus" darin, seine Gleichgültigkeit gegen das eigne Wohl, seine Hingebung für eine Idee, eine große Sache, ein Vaterland: Alles Mißverständnisse ... Er strömt aus, er strömt über, er verbraucht sich, er schont sich nicht, – mit Fatalität, verhängnißvoll, unfreiwillig, wie das Ausbrechen eines Flusses über seine Ufer unfreiwillig ist. Aber weil man solchen Explosiven viel verdankt, hat man ihnen auch viel dagegen geschenkt, zum Beispiel eine Art höherer Moral ... Das ist ja die Art der menschlichen Dankbarkeit: sie mißversteht ihre Wohlthäter. –

45.

Der Verbrecher und was ihm verwandt ist. – Der Verbrecher-Typus, das ist der Typus des starken Menschen unter ungünstigen Bedingungen, ein krank gemachter starker Mensch. Ihm fehlt die Wildniß, eine gewisse freiere und gefährlichere Natur und Daseinsform, in der Alles, was Waffe und Wehr im Instinkt des starken Menschen ist, zu Recht besteht. Seine Tugenden sind von der Gesellschaft in Bann gethan; seine lebhaftesten Triebe, die er mitgebracht hat, verwachsen alsbald mit den niederdrückenden Affekten, mit dem Verdacht, der Furcht, der Unehre. Aber dies ist beinahe das Recept zur physiologischen

Entartung, Wer Das, was er am besten kann, am liebsten thäte, heimlich thun muß, mit langer Spannung, Vorsicht, Schlauheit, wird anämisch; und weil er immer nur Gefahr, Verfolgung, Verhängniß von seinen Instinkten her erntet, verkehrt sich auch sein Gefühl gegen diese Instinkte – er fühlt sie fatalistisch. Die Gesellschaft ist es, unsre zahme, mittelmäßige, verschnittene Gesellschaft, in der ein naturwüchsiger Mensch, der vom Gebirge her oder aus den Abenteuern des Meeres kommt, nothwendig zum Verbrecher entartet, Oder beinahe nothwendig: denn es giebt Fälle, wo ein solcher Mensch sich stärker erweist als die Gesellschaft: der Corse Napoleon ist der berühmteste Fall. Für das Problem, das hier vorliegt, ist das Zeugniß Dostoiewsky's von Belang – Dostoiewsky's, des einzigen Psychologen, anbei gesagt, von dem ich Etwas zu lernen hatte: er gehört zu den schönsten Glücksfällen meines Lebens, mehr selbst noch als die Entdeckung Stendhal's. Dieser tiefe Mensch, der zehn Mal Recht hatte, die oberflächlichen Deutschen gering zu schätzen, hat die sibirischen Zuchthäusler, in deren Mitte er lange lebte, lauter schwere Verbrecher, für die es keinen Rückweg zur Gesellschaft mehr gab, sehr anders empfunden, als er selbst erwartete – ungefähr als aus dem besten, härtesten und werthvollsten Holze geschnitzt, das auf russischer Erde überhaupt wächst. Verallgemeinern wir den Fall des Verbrechers: denken wir uns Naturen, denen, aus irgend einem Grunde, die öffentliche Zustimmung fehlt, die wissen, daß sie nicht als wohlthätig, als nützlich empfunden werden, jenes Tschandala-Gefühl, daß man nicht als gleich gilt, sondern als ausgestoßen, unwürdig, verunreinigend. Alle solche Naturen haben die Farbe des Unterirdischen auf Gedanken und Handlungen; an ihnen wird Jegliches bleicher als an Solchen, auf deren Dasein das Tageslicht ruht. Aber fast alle Existenzformen, die wir heute auszeichnen, haben ehemals unter dieser halben Grabesluft gelebt: der wissenschaftliche Charakter, der Artist, das Genie, der freie Geist, der Schauspieler, der Kaufmann, der große Entdecker... So lange der Priester als oberster Typus galt, war jede werthvolle Art Mensch entwerthet... Die Zeit kommt – ich verspreche das – wo er als der niedrigste gelten wird, als unser Tschandala, als die verlogenste, als die unanständigste Art Mensch... Ich richte die Aufmerksamkeit darauf, wie noch jetzt, unter dem mildesten Regiment der Sitte, das je auf Erden, zum Mindesten in Europa, geherrscht hat, jede Abseitigkeit, jedes lange, allzulange Unterhalb, jede ungewöhnliche, undurchsichtige Daseinsform jenem Typus nahe bringt, den der Verbrecher vollendet. Alle Neuerer des Geistes haben eine Zeit das fahle und fatalistische Zeichen des Tschandala auf der Stirn: nicht, weil sie so empfunden würden, sondern weil sie selbst die furchtbare Kluft fühlen, die sie von allem Herkömmlichen und in Ehren Stehenden trennt. Fast jedes Genie kennt als eine seiner Entwicklungen die „catilinarische Existenz“, ein Haß-, Rache- und Aufstands-Gefühl gegen Alles, was schon ist, was nicht mehr wird... Catilina – die Präexistenz-Form jedes Cäsar. –

46.

Hier ist die Aussicht frei. – Es kann Höhe der Seele sein, wenn ein Philosoph schweigt; es kann Liebe sein, wenn er sich widerspricht; es ist eine Höflichkeit des Erkennenden möglich, welche lügt. Man hat nicht ohne Feinheit gesagt: il est indigne des grands cœurs de répandre le trouble qu'ils ressentent: nur muß man hinzufügen, daß vor dem Unwürdigsten sich nicht zu fürchten ebenfalls Größe der Seele sein kann. Ein Weib, das liebt, opfert seine Ehre; ein Erkennender, welcher „liebt“, opfert vielleicht seine Menschlichkeit: ein Gott, welcher liebte, ward Jude ...

47.

Die Schönheit kein Zufall. – Auch die Schönheit einer Rasse oder Familie, ihre Anmuth und Güte in allen Gebärden wird erarbeitet: sie ist, gleich dem Genie, das Schlußergebniß der accumulirten Arbeit von Geschlechtern. Man muß dem guten Geschmacke große Opfer gebracht haben, man muß um seinetwillen Vieles gethan, Vieles gelassen haben – das siebzehnte Jahrhundert Frankreichs ist bewunderungswürdig in Beidem–, man muß in ihm ein Princip der Wahl, für Gesellschaft, Ort, Kleidung, Geschlechtsbefriedigung gehabt haben, man muß Schönheit dem Vortheil, der Gewohnheit, der Meinung, der Trägheit vorgezogen haben. Oberste Richtschnur: man muß sich auch vor sich selber nicht „gehen lassen". – Die guten Dinge sind über die Maaßen kostspielig: und immer gilt das Gesetz, daß wer sie hat, ein Andrer ist, als wer sie erwirbt. Alles Gute ist Erbschaft: was nicht ererbt ist, ist unvollkommen, ist Anfang ... In Athen waren zur Zeit Cicero's, der darüber seine Überraschung ausdrückt, die Männer und Jünglinge bei weitem den Frauen an Schönheit überlegen: aber welche Arbeit und Anstrengung im Dienste der Schönheit hatte daselbst das männliche Geschlecht seit Jahrhunderten von sich verlangt! – Man soll sich nämlich über die Methodik hier nicht vergreifen: eine bloße Zucht von Gefühlen und Gedanken ist beinahe Null (– hier liegt das große Mißverständniß der deutschen Bildung, die ganz illusorisch ist): man muß den Leib zuerst überreden. Die strenge Aufrechterhaltung bedeutender und gewählter Gebärden, eine Verbindlichkeit, nur mit Menschen zu leben, die sich nicht „gehen lassen", genügt vollkommen, um bedeutend und gewählt zu werden: in zwei, drei Geschlechtern ist bereits Alles verinnerlicht. Es ist entscheidend über das Loos von Volk und Menschheit, daß man die Cultur an der rechten Stelle beginnt – nicht an der „Seele“ (wie es der verhängnißvolle Aberglaube der Priester und Halb-Priester war): die rechte Stelle ist der Leib, die Gebärde, die Diät, die Physiologie, der Rest folgt daraus ... Die Griechen bleiben deshalb das erste Cultur-Ereigniß der Geschichte – sie wußten, sie thaten, was noth that; das Christentum, das den Leib verachtete, war bisher das größte Unglück der Menschheit. –

48.

Fortschritt in meinem Sinne. – Auch ich rede von „Rückkehr zur Natur“, obwohl es eigentlich nicht ein Zurückgehn, sondern ein Hinaufkommen ist – hinauf in die hohe, freie, selbst furchtbare Natur und Natürlichkeit, eine solche, die mit großen Aufgaben spielt, spielen darf ... Um es im Gleichniß zu sagen: Napoleon war ein Stück „Rückkehr zur Natur“, so wie ich sie verstehe (zum Beispiel in rebus tacticis, noch mehr, wie die Militärs wissen, im Strategischen). – Aber Rousseau – wohin wollte der eigentlich zurück? Rousseau, dieser erste moderne Mensch, Idealist und Canaille in Einer Person; der die moralische „Würde“ nöthig hatte, um seinen eignen Aspekt auszuhalten, krank vor zügelloser Eitelkeit und zügelloser Selbstverachtung. Auch diese Mißgeburt, welche sich an die Schwelle der neuen Zeit gelagert hat, wollte „Rückkehr zur Natur“ – wohin, nochmals gefragt, wollte Rousseau zurück? – Ich hasse Rousseau noch in der Revolution: sie ist der welthistorische Ausdruck für diese Doppelheit von Idealist und Canaille. Die blutige Farce, mit der sich diese Revolution abspielte, ihre „Immoralität“, geht mich wenig an: was ich hasse, ist ihre Rousseau'sche Moralität – die sogenannten „Wahrheiten“ der Revolution, mit denen sie immer noch wirkt und alles Flache und Mittelmäßige zu sich überredet. Die Lehre von der Gleichheit!... Aber es giebt gar kein giftigeres Gift: denn sie *scheint* von der Gerechtigkeit selbst gepredigt, während sie das *Ende* der Gerechtigkeit ist... „Den Gleichen Gleiches, den Ungleichen Ungleiches" – *das* wäre die wahre Rede der Gerechtigkeit: und, was daraus folgt, „Ungleiches niemals gleich machen." – Daß es um jene Lehre von der Gleichheit herum so schauerlich und blutig zugieng, hat dieser „modernen Idee" par excellence eine Art Glorie und Feuerschein gegeben, sodaß die Revolution als *Schauspiel* auch die edelsten Geister verführt hat. Das ist zuletzt kein Grund, sie mehr zu achten. – Ich sehe nur Einen, der sie empfand, wie sie empfunden werden muß, mit *Ekel* – Goethe ...

49.

Goethe – kein deutsches Ereigniß, sondern ein europäisches: ein großartiger Versuch, das achtzehnte Jahrhundert zu überwinden durch eine Rückkehr zur Natur, durch ein *Hinaufkommen* zur Natürlichkeit der Renaissance, eine Art Selbstüberwindung von Seiten dieses Jahrhunderts. – Er trug dessen stärkste Instinkte in sich: die Gefühlsamkeit, die Natur-Idolatrie, das Antihistorische, das Idealistische, das Unreale und Revolutionäre (– letzteres ist nur eine Form des Unrealen). Er nahm die Historie, die Naturwissenschaft, die Antike, insgleichen Spinoza zu Hülfe, vor Allem die praktische Thätigkeit; er umstellte sich mit lauter geschlossenen Horizonten; er löste sich nicht vom Leben ab, er stellte sich hinein; er war nicht verzagt und nahm so viel als möglich auf sich, über sich, in sich. Was er wollte, das war *Totalität*; er bekämpfte das Auseinander von Vernunft, Sinnlichkeit, Gefühl, Wille (– in abschreckendster Schollastik durch *Kant* gepredigt, den Antipoden Goethe's); er disciplinirte sich zur Ganzheit, er *schuf* sich ... Goethe war, inmitten eines unreal gesinnten Zeitalters, ein überzeugter Realist: er sagte Ja zu Allem, was ihm hierin verwandt war, – er hatte kein größeres Erlebniß als jenes ens realissimum, genannt Napoleon. Goethe concipirte einen starken, hochgebildeten, in allen Leiblichkeiten geschickten, sich selbst im Zaume habenden, vor sich selber ehrfürchtigen Menschen, der sich den ganzen Umfang und Reichthum der Natürlichkeit zu gönnen wagen darf, der stark genug zu dieser Freiheit ist; den Menschen der Toleranz, nicht aus Schwäche, sondern aus Stärke, weil er Das, woran die durchschnittliche Natur zu Grunde gehn würde, noch zu seinem Vortheile zu brauchen weiß; den Menschen, für den es nichts Verbotenes mehr giebt, es sei denn die *Schwäche*, heiße sie nun Laster oder Tugend ... Ein solcher *freigewordner* Geist steht mit einem freudigen und vertrauenden Fatalismus mitten im All, im *Glauben*, daß nur das Einzelne verwerflich ist, daß im Ganzen sich Alles erlöst und bejaht – *er verneint nicht mehr* ... Aber ein solcher Glaube ist der höchste aller möglichen Glauben: ich habe ihn auf den Namen des *Dionysos* getauft. –

50.

Man könnte sagen, daß in gewissem Sinne das neunzehnte Jahrhundert Das alles *auch* erstrebt hat, was Goethe als Person erstrebte: eine Universalität im Verstehn, im Gutheißen, ein An-sich-heran-kommen-lassen von Jedwedem, einen verwegnen Realismus, eine Ehrfurcht vor allem Thatsächlichen. Wie kommt es, daß das Gesammt-Ergebniß kein Goethe, sondern ein Chaos ist, ein nihilistisches Seufzen, ein Nicht-wissen-wo-aus-noch-ein, ein Instinkt von Ermüdung, der in praxi; fortwährend dazu treibt, *zum achtzehnten Jahrhundert zurückzugreifen?* (– zum

Beispiel als Gefühls-Romantik, als Altruismus und Hyper-Sentimentalität, als Feminismus im Geschmack, als Socialismus in der Politik). Ist nicht das neunzehnte Jahrhundert, zumal in seinem Ausgange, bloß ein verstärktes *verrohtes* achtzehntes Jahrhundert, das heißt ein décadence-Jahrhundert? Sodaß Goethe nicht bloß für Deutschland, sondern für ganz Europa bloß ein Zwischenfall, ein schönes Umsonst gewesen wäre? – Aber man mißversteht große Menschen, wenn man sie aus der armseligen Perspektive eines öffentlichen Nutzens ansieht. Daß man keinen Nutzen aus ihnen zu ziehn weiß, *das gehört selbst vielleicht zur Größe* ...

51.

Goethe ist der letzte Deutsche, vor dem ich Ehrfurcht habe: er hätte drei Dinge empfunden, die ich empfinde, – auch verstehen wir uns über das „Kreuz“ ... Man fragt mich öfter, wozu ich eigentlich *deutsch* schriebe: nirgendswo würde ich schlechter gelesen, als im Vaterlande. Aber wer weiß zuletzt, ob ich auch nur *wünsche*, heute gelesen zu werden? – Dinge schaffen, an denen umsonst die Zeit ihre Zähne versucht; der Form nach, *der Substanz nach* um eine kleine Unsterblichkeit bemüht sein – ich war noch nie bescheiden genug, weniger von mir zu verlangen. Der Aphorismus, die Sentenz, in denen ich als der Erste unter Deutschen Meister bin, sind die Formen der „Ewigkeit“; mein Ehrgeiz ist, in zehn Sätzen zu sagen, was jeder Andre in einem Buche sagt, – was jeder Andre in einem Buche nicht sagt ...

Ich habe der Menschheit das tiefste Buch gegeben, das sie besitzt, meinen *Zarathustra*: ich gebe ihr über kurzem das unabhängigste. –

Was ich den Alten verdanke

1.

Zum Schluß ein Wort über jene Welt, zu der ich Zugänge gesucht, zu der ich vielleicht einen neuen Zugang gefunden habe – die alte Welt. Mein Geschmack, der der Gegensatz eines duldsamen Geschmacks sein mag, ist auch hier fern davon, in Bausch und Bogen Ja zu sagen: er sagt überhaupt nicht gern Ja, lieber noch Nein, am allerliebsten gar Nichts... Das gilt von ganzen Culturen, das gilt von Büchern, – es gilt auch von Orten und Landschaften. Im Grunde ist es eine ganz kleine Anzahl antiker Bücher, die in meinem Leben mitzählen; die berühmtesten sind nicht darunter. Mein Sinn für Stil, für das Epigramm als Stil erwachte fast augenblicklich bei der Berührung mit Sallust. Ich habe das Erstaunen meines verehrten Lehrers Corssen nicht vergessen, als er seinem schlechtesten Lateiner die allererste Censur geben mußte, – ich war mit Einem Schlage fertig. Gedrängt, streng, mit so viel Substanz als möglich auf dem Grunde, eine kalte Bosheit gegen das „schöne Wort", auch das „schöne Gefühl" – daran errieth ich mich. Man wird, bis in meinen Zarathustra hinein, eine sehr ernsthafte Ambition nach römischem Stil, nach dem "aere perennius" im Stil bei mir wiedererkennen. – Nicht anders ergieng es mir bei der ersten Berührung mit Horaz. Bis heute habe ich an keinem Dichter dasselbe artistische Entzücken gehabt, das mir von Anfang an eine Horazische Ode gab. In gewissen Sprachen ist Das, was hier erreicht ist, nicht einmal zu wollen. Dies Mosaik von Worten, wo jedes Wort als Klang, als Ort, als Begriff, nach rechts und links und über das Ganze hin seine Kraft ausströmt, dies minimum in Umfang und Zahl der Zeichen, dies damit erzielte maximum in der Energie der Zeichen – das Alles ist römisch und, wenn man mir glauben will, vornehm par exellence. Der ganze Rest von Poesie wird dagegen etwas zu Populäres, – eine bloße Gefühls-Geschwätzigkeit...

2.

Den Griechen verdanke ich durchaus keine verwandt starken Eindrücke; und, um es geradezu herauszusagen, sie können uns nicht sein, was die Römer sind. Man lernt nicht von den Griechen – ihre Art ist zu fremd, sie ist auch zu flüssig, um imperativisch, um „classisch" zu wirken. Wer hätte je an einem Griechen schreiben gelernt! Wer hätte es je ohne die Römer gelernt!... Man wende mir ja nicht Plato ein. Im Verhältniß zu Plato bin ich ein gründlicher Skeptiker und war stets außer Stande, in die Bewunderung des Artisten Plato, die unter Gelehrten herkömmlich ist, einzustimmen. Zuletzt habe ich hier die raffinirtesten Geschmacksrichter unter den Alten selbst auf meiner Seite. Plato wirft, wie mir scheint, alle Formen des Stils durcheinander, er ist damit ein erster décadent des Stils: er hat etwas Ähnliches auf dem Gewissen, wie die Cyniker, die die satura Menippea erfanden. Daß der Platonische Dialog, diese entsetzlich selbstgefällige und kindliche Art Dialektik, als Reiz wirken könne, dazu muß man nie gute Franzosen gelesen haben, – Fontenelle zum Beispiel, Plato ist langweilig. – Zuletzt geht mein Mißtrauen bei Plato in die Tiefe: ich finde ihn so abgeirrt von allen Grundinstinkten des Hellenen, so vermoralisirt, so prä-existent-christlich – er hat bereits den Begriff „gut" als obersten Begriff –, daß ich von dem ganzen Phänomen Plato eher das harte Wort „höherer Schwindel" oder, wenn man's lieber hört, Idealismus – als irgend ein andres gebrauchen möchte. Man hat theuer dafür bezahlt, daß dieser Athener bei den Ägyptern in die Schule gieng (– oder bei den Juden in Ägypten? ...). Im großen

Verhängniß des Christenthums ist Plato jene „Ideal" genannte Zweideutigkeit und Fascination, die den edleren Naturen des Alterthums es möglich machte, sich selbst mißzuverstehn und die Brücke zu betreten, die zum „Kreuz" führte... Und wie viel Plato ist noch im Begriff „Kirche", in Bau, System, Praxis der Kirche! – Meine Erholung, meine Vorliebe, meine Cur von allem Platonismus war zu jeder Zeit Thukydides. Thukydides und, vielleicht, der Principe Macchiavell's sind mir selber am meisten verwandt durch den unbedingten Willen, sich Nichts vorzumachen und die Vernunft in der Realität zu sehn, – nicht in der „Vernunft", noch weniger in der „Moral" ... Von der jämmerlichen Schönfärberei der Griechen in's Ideal, die der „classisch gebildete" Jüngling als Lohn für seine Gymnasial-Dressur in's Leben davonträgt, curirt Nichts so gründlich als Thukydides. Man muß ihn Zeile für Zeile umwenden und seine Hintergedanken so deutlich ablesen wie seine Worte: es giebt wenige so hintergedankenreiche Denker. In ihm kommt die Sophisten-Cultur, will sagen die Realisten-Cultur, zu ihrem vollendeten Ausdruck: diese unschätzbare Bewegung inmitten des eben allerwärts losbrechenden Moral- und Ideal-Schwindels der sokratischen Schulen. Die griechische Philosophie als die décadence des griechischen Instinkts; Thukydides als die große Summe, die letzte Offenbarung jener starken, strengen, harten Thatsächlichkeit, die dem älteren Hellenen im Instinkte lag. Der Muth vor der Realität unterscheidet zuletzt solche Naturen wie Thukydides und Plato: Plato ist ein Feigling vor der Realität – folglich flüchtet er in's Ideal; Thukydides hat sich in der Gewalt – folglich behält er auch die Dinge in der Gewalt...

3.

In den Griechen „schöne Seelen“, „goldene Mitten“ und andre Vollkommenheiten auszuwittern, etwa an ihnen die Ruhe in der Größe, die ideale Gesinnung, die hohe Einfalt bewundern – vor dieser „hohen Einfalt“, einer niaiserie allemande zuguterletzt, war ich durch den Psychologen behütet, den ich in mir trug. Ich sah ihren stärksten Instinkt, den Willen zur Macht, ich sah sie zittern vor der unbändigen Gewalt dieses Triebs, – ich sah alle ihre Institutionen wachsen aus Schutzmaaßregeln, um sich vor einander gegen ihren inwendigen Explosivstoff sicher zu stellen. Die ungeheure Spannung im Innern entlud sich dann in furchtbarer und rücksichtsloser Feindschaft nach Außen: die Stadtgemeinden zerfleischten sich unter einander, damit die Stadtbürger jeder einzelnen vor sich selber Ruhe fänden. Man hatte es nöthig, stark zu sein: die Gefahr war in der Nähe –, sie lauerte überall. Die prachtvoll geschmeidige Leiblichkeit, bei verwegene Realismus und Immoralismus, der dem Hellenen eignet, ist eine Noth, nicht eine „Natur“ gewesen. Er folgte erst, er war nicht von Anfang an da. Und mit Festen und Künsten wollte man auch nichts Andres als sich obenauf fühlen, sich obenauf zeigen: es sind Mittel, sich selber zu verherrlichen, unter Umständen vor sich Furcht zu machen ... Die Griechen auf deutsche Manier nach ihren Philosophen beurtheilen, etwa die Biedermännerei der sokratischen Schulen zu Aufschlüssen darüber benutzen, was im Grunde hellenisch sei!... Die Philosophen sind ja die décadents des Griechenthums, die Gegenbewegung gegen den alten, den vornehmen Geschmack (– gegen den agonalen Instinkt, gegen die Polis, gegen den Werth der Rasse, gegen die Autorität des Herkommens). Die soldatischen Tugenden wurden gepredigt, weil sie den Griechen abhanden gekommen waren: reizbar, furchtsam, unbeständig, Komödianten allesammt, hatten sie ein paar Gründe zu viel, sich Moral predigen zu lassen. Nicht, daß es Etwas geholfen hätte: aber große Worte und Attitüden stehen décadents so gut …

4.

Ich war der Erste, der, zum Verständniß des älteren, des noch reichen und selbst überströmenden hellenischen Instinkts, jenes wundervolle Phänomen ernst nahm, das den Namen des Dionysos trägt: es ist einzig erklärbar aus einem Zuviel von Kraft. Wer den Griechen nachgeht, wie jener tiefste Kenner ihrer Cultur, der heute lebt, wie Jacob Burckhardt in Basel, der wußte sofort, daß damit Etwas gethan sei: Burckhardt fügte seiner „Cultur der Griechen“ einen eignen Abschnitt über das genannte Phänomen ein. Will man den Gegensatz, so sehe man die beinahe erheiternde Instinkt-Armuth der deutschen Philologen, wenn sie in die Nähe des Dionysischen kommen. Der berühmte Lobeck zumal, der mit der ehrwürdigen Sicherheit eines zwischen Büchern ausgetrockneten Wurms in diese Welt geheimnißvoller Zustände hineinkroch und sich überredete, damit wissenschaftlich zu sein, daß er bis zum Ekel leichtfertig und kindisch war, – Lobeck hat mit allem Aufwände von Gelehrsamkeit zu verstehn gegeben, eigentlich habe es mit allen diesen Curiositäten Nichts auf sich. In der That möchten die Priester den Theilhabern an solchen Orgien einiges nicht Werthlose mitgetheilt haben, zum Beispiel, daß der Wein zur Lust anrege, daß der Mensch unter Umständen von Früchten lebe, daß die Pflanzen im Frühjahr aufblühn, im Herbst verwelken. Was jenen so befremdlichen Reichthum an Riten, Symbolen und Mythen orgiastischen Ursprungs angeht, von dem die antike Welt ganz wörtlich überwuchert ist, so findet Lobeck an ihm einen Anlaß, noch um einen Grad geistreicher zu werden. „Die Griechen, sagt er

Aglaophamus I, 672, hatten sie nichts Anderes zu thun, so lachten, sprangen, rasten sie umher, oder, da der Mensch mitunter auch dazu Lust hat, so saßen sie nieder, weinten und jammerten. Andere kamen dann später hinzu und suchten doch irgend einen Grund für dies auffallende Wesen; und so entstanden zur Erklärung jener Gebräuche zahllose Festsagen und Mythen. Auf der andern Seite glaubte man, jenes possirliche Treiben, welches nun einmal an den Festtagen stattfand, gehöre auch nothwendig zur Festfeier, und hielt es als einen unentbehrlichen Theil des Gottesdienstes fest." – Dies ist verächtliches Geschwätz, man wird einen Lobeck nicht einen Augenblick ernst nehmen. Ganz anders berührt es uns, wenn wir den Begriff „griechisch" prüfen, den Winckelmann und Goethe sich gebildet haben, und ihn unverträglich mit jenem Elemente finden, aus dem die dionysische Kunst wächst, – mit dem Orgiasmus. Ich zweifle in der That nicht daran, daß Goethe etwas Derartiges grundsätzlich aus den Möglichkeiten der griechischen Seele ausgeschlossen hätte. Folglich verstand Goethe die Griechen nicht. Denn erst in den dionysischen Mysterien, in der Psychologie des dionysischen Zustands spricht sich die Grundthatsache des hellenischen Instinkts aus – sein „Wille zum Leben". Was verbürgte sich der Hellene mit diesen Mysterien? Das ewige Leben, die ewige Wiederkehr des Lebens; die Zukunft in der Vergangenheit verheißen und geweiht; das triumphirende Ja zum Leben über Tod und Wandel hinaus; das wahre Leben als das Gesammt-Fortleben durch die Zeugung, durch die Mysterien der Geschlechtlichkeit. Den Griechen war deshalb das geschlechtliche Symbol das ehrwürdige Symbol an sich, der eigentliche Tiefsinn innerhalb der ganzen antiken Frömmigkeit. Alles Einzelne im Akte der Zeugung, der Schwangerschaft, der Geburt erweckte die höchsten und feierlichsten Gefühle. In der Mysterienlehre ist der Schmerz heilig gesprochen: die „Wehen der Gebärerin“ heiligen den Schmerz überhaupt, – alles Werden und Wachsen, alles Zukunft-Verbürgende bedingt den Schmerz... Damit es die ewige Lust des Schaffens giebt, damit der Wille zum Leben sich ewig selbst bejaht, muß es auch ewig die „Qual der Gebärerin“ geben... Dies Alles bedeutet das Wort Dionysos: ich kenne keine Höhere Symbolik als diese griechische Symbolik, die der Dionysien. In ihr ist der tiefste Instinkt des Lebens, der zur Zukunft des Lebens, zur Ewigkeit des Lebens, religiös empfunden, – der Weg selbst zum Leben, die Zeugung, als der heilige Weg... Erst das Christentum, mit seinem Ressentiment gegen das Leben auf dem Grunde, hat aus der Geschlechtlichkeit etwas Unreines gemacht: es warf Koth auf den Anfang, auf die Voraussetzung unsres Lebens ...

5.

Die Psychologie des Orgiasmus als eines überströmenden Lebens– und Kraftgefühls, innerhalb dessen selbst der Schmerz noch als Stimulans wirkt, gab mir den Schlüssel zum Begriff des tragisch en Gefühls, das sowohl von Aristoteles als in Sonderheit von unsern Pessimisten mißverstanden worden ist. Die Tragödie ist so fern davon, Etwas für den Pessimismus der Hellenen im Sinne Schopenhauer's zu beweisen, daß sie vielmehr als dessen entscheidende Ablehnung und Gegen– Instanz zu gelten hat. Das Jasagen zum Leben selbst noch in seinen fremdesten und härtesten Problemen, der Wille zum Leben, im Opfer seiner höchsten Typen der eignen Unerschöpflichkeit frohweidend – das nannte ich dionysisch, das errieth ich als die Brücke zur Psychologie des tragischen Dichters. Nicht um von Schrecken und Mitleiden loszukommen, nicht um sich von einem gefährlichen Affekt durch dessen vehemente Entladung zu reinigen – so verstand es Aristoteles –: sondern um, über Schrecken und Mitleid hinaus, die ewige Lust des Werdens selbst zu sein, – jene Lust, die auch noch die Lust am Vernichten in sich schließt... Und damit berühre ich wieder die Stelle, von der ich einstmals ausgieng – die „Geburt der Tragödie" war meine erste Umwerthung aller Werthe: damit stelle ich mich wieder auf den Boden zurück, aus dem mein Wollen, mein Können wächst – ich, der letzte Jünger des Philosophen Dionysos, – ich, der Lehrer der ewigen Wiederkunft...

Der Hammer redet

„Warum so hart! – sprach zum Diamanten einst die Küchen-Kohle: sind wir denn nicht Nah-Verwandte?"

Warum so weich? Oh meine Brüder, also frage ich euch: seid ihr denn nicht – meine Brüder?

Warum so weich, so weichend und nachgebend? Warum ist so viel Leugnung, Verleugnung in eurem Herzen? so wenig Schicksal in eurem Blicke?

Und wollt ihr nicht Schicksale sein und Unerbittliche: wie könntet ihr einst mit mir – siegen?

Und wenn eure Härte nicht blitzen und schneiden und zerschneiden will: wie könntet ihr einst mit mir – schaffen?

Alle Schaffenden nämlich sind hart. Und Seligkeit muß es euch dünken, eure Hand auf Jahrtausende zu drücken wie auf Wachs, –

– Seligkeit, auf dem Willen von Jahrtausenden zu schreiben wie auf Erz, – härter als Erz, edler als Erz. Ganz hart allein ist das Edelste.

Diese neue Tafel, oh meine Brüder, stelle ich über euch: werdet hart! – –

Also sprach Zarathustra.